庫

エデンの東 1

ジョン・スタインベック
土屋政雄訳

epi

早川書房

6225

EAST OF EDEN

by

John Steinbeck

Translated by
Masao Tsuchiya

Published 2008 in Japan by
HAYAKAWA PUBLISHING, INC.

This book is published in Japan by
arrangement with
MCINTOSH & OTIS, INC.
through TUTTLE-MORI AGENCY, INC., TOKYO.

パスカル・コビチへ

友よ。

いつだったか、私が何か小さな木像を刻んでいるとき、君が来合わせて、「僕にも何か作ってくれないか」と言った。

「何がいい」

そう尋ねる私に、君は「箱」と答えた。

「何の箱」

「物を入れる箱」

「どんな物を」

「君の持っているものなら何でも」君はそう言った。

さて、これがその箱だ。私の持っているほとんどのものがここに入っている。まだいっぱいとはいかないが、苦悩と興奮があり、快と不快があり、悪なる思いと善なる思いがある。工夫の楽しみがあり、いくばくかの絶望があり、言い表せない創造の喜びもある。

加えて、君への感謝と友情がたっぷり入っている。

それでも、箱はまだいっぱいではないのだが……。

ジョン

トラスク家

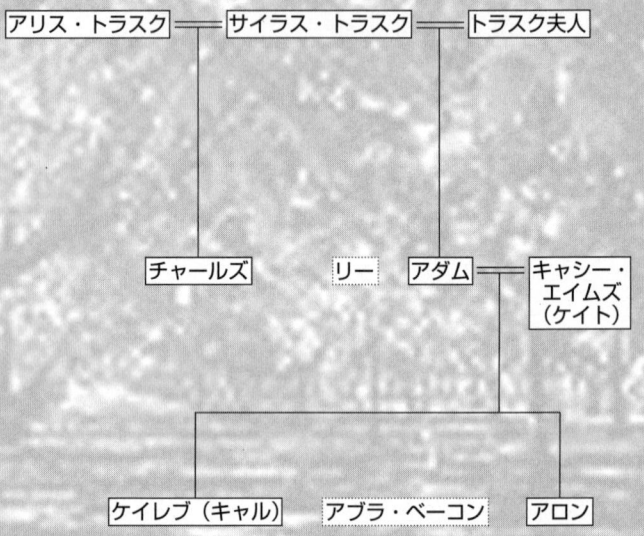

アリス・トラスク
サイラス・トラスク
トラスク夫人
チャールズ
リー
アダム
キャシー・エイムズ（ケイト）
ケイレブ（キャル）
アブラ・ベーコン
アロン

ハミルトン家

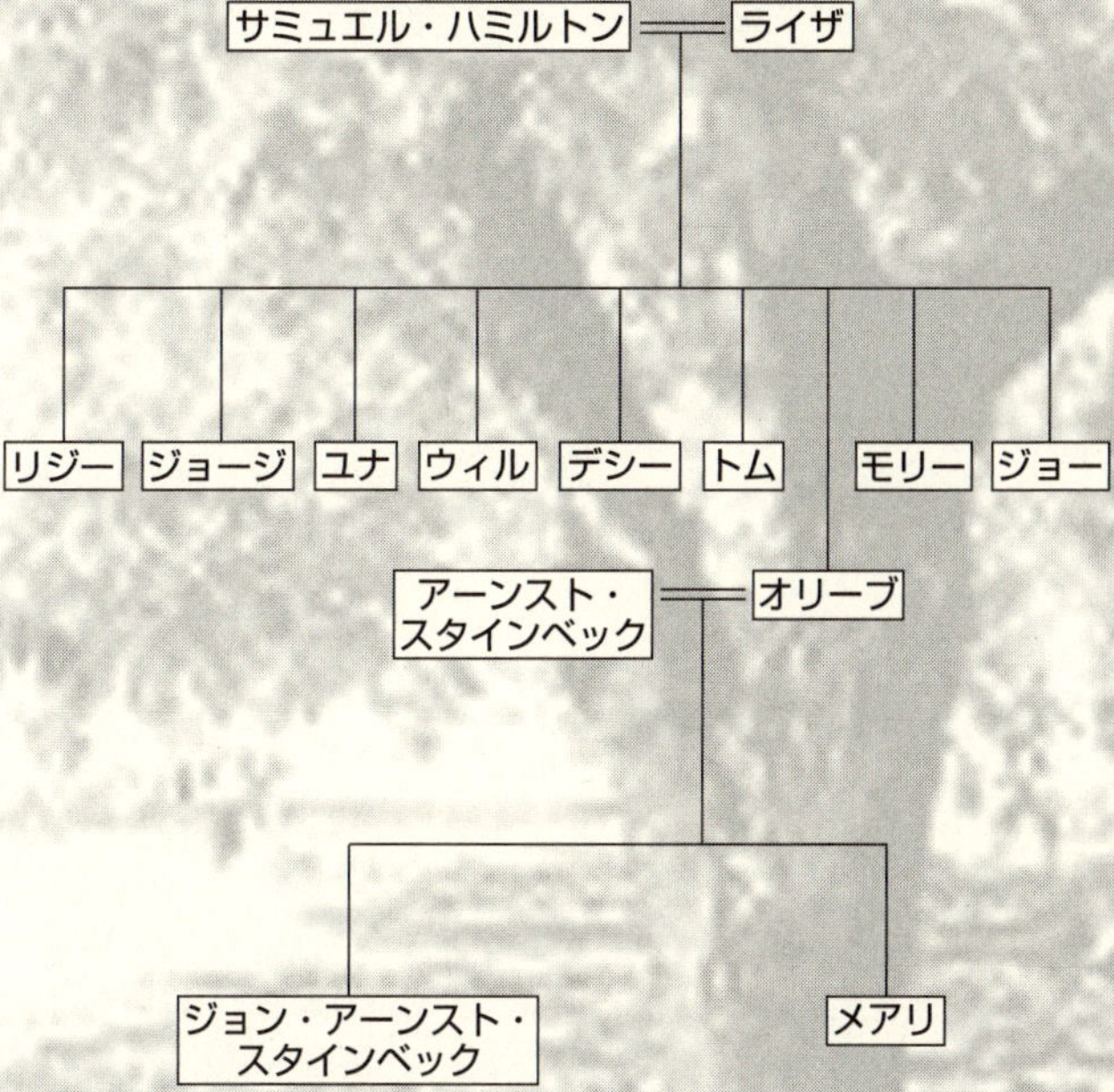
サミュエル・ハミルトン
ライザ
リジー
ジョージ
ユナ
ウィル
デシー
トム
オリーブ
モリー
ジョー
アーネスト・スタインベック
ジョン・アーネスト・スタインベック
メアリ

エデンの東 1

第一部

第一章

1

サリーナス盆地は北カリフォルニアにある。二つの山脈にはさまれた細長い窪地。中央をサリーナス川がうねうねと北上し、モンテレー湾に注いでいる。

子供の頃、この土地の草や秘密の花々に付けた名前を、私はいまでも覚えている。どこに蟇蛙《ひきがえる》が住み、夏、小鳥が何時に目をさましたかも覚えている。木々の香りに、季節の匂い。人々の顔つき、足取り、そしてやはりその匂い……。匂いの記憶はじつに濃密だ。

盆地の東側に連なるガビラン山脈も覚えている。明るくて陽気な山々だった。日の光にあふれ、美しく、見る者を誘う。愛する母の膝《ひざ》にとりつくように、私たちは麓の暖かい丘に登ろうとした。あれは、茶色の草の愛で人を招き寄せる山だった。対する西空には、サンタルシア山脈が立ちはだかり、盆地を外海から遮断していた。こちらは暗く、物憂い。無愛想で、危険な感じのする山々。私の心には、いつも西への恐れがあり、東への憧れがあったように思う。どこからそんな思いが生じたかは、わからない。ただ、盆地の朝はいつもガビラン山脈の峰の向こうからやってきて、夜はサンタルシア山脈の尾根から漂い降りてきた。一日のこの生と死が、二つの山系を思うたびに、私の心に微妙に作用していたのかもしれない。

盆地のどちら側でも、山腹の襞《ひだ》からは小さな流れが湧き出し、サリーナスの川床に注いでいた。雨の多い冬には、その流れが一人前の渓流《けいりゅう》になり、サリーナス川の水嵩《みずかさ》を増す。川が荒れ狂い、沸き返り、ときには土手からあふれることもある。そんなとき、サリーナスは暴れ川になる。農地の縁をけずり取り、何エーカーもの土地を押し流す。納屋と母屋《おもや》を傾かせ、濁流《だくりゅう》の中に引っ張り込んで、浮きつ沈みつするのを運び去る。牛や豚や羊の逃げ道を断ち、褐色の泥水に溺れさせてから、海に連れ去る。だが、そんな暴れ川も、晩春には岸から引いて、川底に堆積《たいせき》した砂をさらし、夏には地表から姿を消す。まあ、高い川岸の下、深い渦が巻いていた辺りには、水溜りくらい残るかもしれない。川床に太藺《ふとい》や雑草が戻る。柳も曲がっていた腰を伸ばし、洪水の名残りは、上のほうの枝に引っかかったごみだけになる。サリーナスは期間限定の川だった。夏の太陽の前にひとたまりもなく地下に追われるのでは、お世辞にも立派な川とは言えない。だが、ほかに川を持たない私たちは、よく自慢した。雨がちの冬にいかに危険な川になるか、渇いた夏にどんなに干上がるか……。何であれ、それしかなければ自慢の種になる。たぶん、自慢できるものが少なければ少ないほど、何かを自慢せずにいられなくなるのだろう。

二つの山脈の間、麓の丘の下に広がるサリーナス盆地は、とても平坦だ。大昔、ここは海から百マイルほど入りこんだ入江の底で、現在のモスランディング河口が長い内海の入口だった。いちど、盆地に五十マイルほど入った辺りで、父が井戸を掘ったことがある。掘削ドリルを引き上げると、まず表土がくっついてきて、やがて砂利になり、次には白い海砂になった。貝殻がいっぱい混じり、鯨《くじら》の骨片まであった。砂の層は二十フィートほどつづき、その下はまた黒土になって、あの腐ることを知らない木、セコイアのかけらが出てきた。だから、内海の底に沈む前、この盆地は森だったのだ。森から海へ、海から盆地へ……そういう変化が、私のこの足の下で起こっていた。夜、何かの拍子に、私は太古の海とセコイアの森を肌に感じることがあった。いや、感じるような気がすることがあった。

広く平らな盆地は、肥沃《ひよく》な表土で厚く覆われている。冬に十分な降雨さえあれば、春には草や花が勝手に地表を突き破り、萌え出てくる。雨が多かった年の花の見事さは、とても信じられない。盆地全体に――そして山麓の丘にも――ルピナスとポピーの絨毯《じゅうたん》が敷き詰められる。花の色ってのはね……と、ある女の人が教えてくれた。花の色ってのは、ところどころに白い花を添えると、いっそう引き立つんだよ。確かに。ルピナスの青い花は、花びらの一枚一枚に白い縁取りがある。だから、その群生している野原の青というものは、想像を絶するほどに青い。その中に点々とカリフォルニアポピーが花を咲かせる。これは燃えるような色。オレンジでもなく、金色でもない。もし純金が液体で、表面にクリームの膜を張るものなら、その純金のクリームこそポピーの花の色に近いかもしれない。ルピナスとポピーの時期が過ぎると、あとをマスタードが襲い、丈高く生長する。祖父が初めてこの盆地にやってきたとき、マスタードがたいへんな高さに伸びていて、馬に乗った人の頭がようやく黄色い花の上に見えるかどうかだったという。丘を少し登った辺りでは、緑の草の中に金鳳花《きんぽうげ》、エケベリア、黄色くて芯の黒い菫《すみれ》が咲き乱れる。季節が進み、カステラ草の叢《くさむら》が現れて、赤と黄の花を咲かせる。これらはどれも日当たりを好み、開けた場所に咲く花だ。一方、ほの暗い日陰を好む植物もある。ライブオークの根元には、孔雀羊歯《くじやくしだ》が繁茂して芳香を放ち、水路の苔むした土手の下には、五叉羊歯《ごまた》やゴルディバックの茂みが葉を垂れる。そして、ヘアベル。小さなカンテラのような花。クリームがかった白い外見は、ほとんど罪作りでさえある。めったにない魔法のような花で、これを見つけた子は、その日一日、何か特別に選ばれたような誇らしさを感じた。

六月が来ると、草の葉先が垂れぎみになり、茶色に変わりはじめる。丘全体も茶色に変わる。いや、正確には茶色ではない。金と紫と赤を混ぜたような、いわく言いがたい色だ。それ以後、次の雨がやってくるときまで地面は乾き、山襞から湧き出す流れも止まる。平らな地面はひび割れ、サリーナス川は砂の下に隠れる。盆地を風が吹き抜ける。風は土埃と藁《わら》の切れ端を拾い上げながら、南下するほどに強く、激しくなり、夕方まで止まない。ざらざらと神経に障る風だった。巻き上げられた砂塵が皮膚に食い込み、目を焼いた。野良仕事の男たちは目にゴーグルをし、鼻をハンカチで覆って土埃を防いだ。

盆地の土は深く、肥えている。だが、丘に一歩上がると、そこを覆う表土は、もう草の根を支えるほどの深さしかない。上へ行けば行くほど表土は薄くなり、そこここに燧石《すいせき》が顔をのぞかせる。灌木《かんぼく》の絶える辺りには一面に燧石の砂利が広がり、乾いて、熱い太陽をまぶしいほどに反射する。

ここまでは、雨がたっぷり降る豊かな年のことだ。だが、日照りの年もあって、そんなとき盆地は恐慌状態になる。降雨には三十年の周期がある。まず、雨の多いすばらしい年が五、六年つづく。雨量は十九インチから二十五インチほどもあり、大地の雄叫びのように草が繁茂する。次に、まずまずの年が六年から七年やってくる。雨量は十二インチから十六インチほど。そして日照りの年。ひどいときは七、八インチしか雨が降らない。土地は干上がり、貧弱な草は地面からほんの数インチのところでうなだれ、盆地のあちこちに大きなかさぶたのように地面が露出する。ライブオークもどこかかさついた感じになり、蓬《よもぎ》は灰色になる。土地はひび割れ、泉は涸れ、家畜は大儀そうに乾いた小枝をかじる。そんなとき、農夫と牧夫の胸は、サリーナス盆地への憎悪でいっぱいになる。牛は痩せ、ひどければ餓死する。人々は、せめて飲み水だけでも確保することを迫られ、樽に詰めては農場まで運び上げる。サリーナス盆地を見捨てる家族も現れる。土地と家屋をただ同然で売り払い、ほかへ移っていく。旱魃《かんばつ》の年には豊作の年を忘れ、豊作の年には旱魃の年を忘れる。人間とは、いつもそうしたものだ。

2

細長いサリーナス盆地は、そういう土地だった。そのたどってきた歴史は、州内のほかの土地とさして変わらない。まずインディアンがいた。これは活力も工夫もなく、文化を持たない劣等民族。蛆虫《うじむし》やバッタや貝を食べて生活した。狩ったり釣ったりは面倒くさい。拾って食えればそれでよく、植えて育てることなど考えもしない。粉には苦いドングリを挽《ひ》いた。戦いでさえ、連中のは退屈なパントマイムだ。

次に、非情なスペイン人が新天地の探険に来た。これは貪欲な現実主義者で、その貪欲さは金か神かに向かったから、ある者は宝物を掻き集め、ある者は魂を掻き集めた。山谷を手に入れ、川を手に入れ、現代の人間が建築用地の権利を手に入れるような気楽さで、地平線全体を手に入れた。強靭な肉体に乾ききった心が宿っていては、腰が落ち着くはずもなく、海岸沿いをしきりに北上し、南下した。やがて、故郷の公国ほどもある土地をスペイン国王から与えられ――といって、何を与えたのか国王自身にわかっていたはずはないが――そこに住み着く者も現れた。これら最初の土地所有者は中世的な村落を作り、家畜を放し飼いにして数を増やした。ときおりそれを殺し、皮と脂だけをとって、肉の処分をコンドルとコヨーテに任せた。

スペイン人は、目につくものすべてに名前を付けた。探険家たるものの第一の義務であり、特権でもある。まず名前を付ける。そうしなければ、せっかく手書きの地図を作っても、書き込む地名がないではないか。読み書きができ、記録をとって地図を描けるのは、兵隊といっしょにやってきた不《ふ》撓《とう》不《ふ》屈《くつ》の司祭らだ。もちろん、信仰心は篤《あつ》い。だから、最初の地名には聖人の名や、野営地で祝われた宗教的祝日の名前が使われた。サンミゲル、サンミカエル、サンアルド、サンベルナルド、サンベニート、サンロレンゾ、サンカルロス、サンフランシスキート、等々。だが、いくら聖人が多くても、無限ではない。だから、古い地名には同じ名前の反復が見える。祝日に由来する地名としては、クリスマスを意味するナティビダード、生誕を意味するナシミエンテ、孤独の意のソレダード……。探険隊の気分をうかがわせる地名もある。ブエナエスペレンサでは、きっと明るい希望を抱いたのだろう。ブエナビスタやチュアラルでは、絶景に感嘆したはずだ。もっと記述的な地名もある。樫の木が生えている地だからパソ・デ・ロスロブレス、月桂樹があったからロスラウレレス、湿地の葦《あし》を見てトゥラルシトス、アルカリ性土壌の白さが塩のようだったからサリーナス。

目についた獣や鳥も地名になった。上空を鷹が飛んでいたからガビラン山脈、モグラが顔を出したのでトポ、山猫がいたのでロスガトス。土地そのものの形状から名前が決まることもある。カップと受け皿に似ているからタササハラ、干上がった湖だからラグナセカ、土の壁のようだからコラル・デ・ティエラ、天国のようだからパライソ。

やがてアメリカ人が来た。これは数が多いだけに、貪欲さも桁違いだった。土地を奪い、それを正当化するために法律を作り直した。そして、農場を作った。小さな木造の家を建て、セコイアの柿板《こけらいた》で屋根をふき、丸木を割って柵を作り、それで土地を囲った。そんな農場が盆地に点々と広がり、やがて麓の丘の斜面にまで上っていった。地面から水の滲み出る場所があれば、そこに家が建つ。家族ができ、たちまち人数が増え、前庭に赤いゼラニュームや薔薇《ばら》の木が植えられる。人間の足が踏み固めた小道に四輪馬車の轍《わだち》が残るようになり、黄色いマスタードが咲く野原の真ん中に、玉蜀黍《とうもろこし》や大麦・小麦の畑ができる。旅人の通る道には十マイルおきに雑貨屋と鍛冶屋《かじ》が出現し、そこを核として小さな町が生まれる。ブラッドレー、キングシティ、グリンフィールドは、みなそうやってできた町だ。

スペイン人に比べ、アメリカ人は人間くさい地名を好んだように思う。アメリカ人が定住してからの地名には、その土地の出来事をうかがわせるものが多い。どの名前の背後にも忘れ去られた物語があって、私の想像力を虜《とりこ》にする。たとえば、ボルサヌエバという地名がある。「新しい財布」とは何のことだろう。モロコホ？　その「びっこのムーア人」はいったい誰で、ここに何をしに来たのだろう。ワイルドホースキャニオンは野生の馬がいた峡谷で、ムスタンググレードはムスタングがいた坂道なのか。では、シャートテールキャニオンとは？　峡谷で「シャツの裾《すそ》」がどうしたのだろう。地名は、名付けた人の人柄をしのばせる。うやうやしかったり、不敬だったり。説明的な名前、詩的な名前、軽蔑的な名前……すべてそうだ。サンロレンゾなら誰にでも付けられようが、シャツの裾峡谷やびっこのムーア人はそうはいかない。

毎日、午後になると強風が唸りをたてて開拓地を吹き抜け、耕した表土を吹き散らした。農民は困り、長大な防風林を作ろうとしてユーカリの植樹を始めた。私の祖父が妻を連れ、キングシティの東の丘に入植してきたのは、ちょうどそんな頃だった。

第二章

1

ハミルトン家について語ろうとすると、どうしても人の噂や古い写真、伝えられてきた昔話に頼らなければならない。私自身にも多少の記憶はあるが、もうぼやけていて、きっと創作も混じっているだろう。ハミルトン家は名家ではなかった。だから、記録を探しても、出生・結婚・土地所有・死亡関係の書類以外はほとんど見つからない。

サミュエル・ハミルトン青年は、妻といっしょに北部アイルランドからやってきた。生家は、過去何百年、営々と同じ土地を耕しながら、同じ石の家に住みつづけてきた小農で、とくに貧しくも金持ちでもなかった。代々、なぜか驚くほど学問があり、物知りだった。上流階級にも最下層にも親戚がいたようだが、これは、あの緑の島ではさほど珍しいことではなく、いとこに准男爵がいる一方で、乞食《こじき》もいるという人は多い。そして、もちろん、祖先をさかのぼれば古代アイルランドの王家まで行き着く……というのは、アイルランド人なら誰でも言う自慢話だ。

サミュエル青年が先祖伝来の石の家と緑の土地を捨てた理由は、よくわからない。政治にのめりこんだふうはないから、反逆罪に問われての逃亡ではなさそうだし、正直すぎるほど正直な男だったから、警察に追われたのでもないだろう。家族の間では、色恋沙汰、それもいっしょになった妻以外との色恋沙汰、とささやかれていた。いや、ささやかれていたというより、ただ何となくそういうふうに理解されていた。恋が成就しすぎたための逃避行だったのか、成就しなかったための傷心の離郷だったのかもわからない。家族としては、前者だろうと思っていた。サミュエル青年はハンサムで、魅力的で、陽気な性格でもあったから、アイルランドの田舎娘ごときに袖にされたとは考えにくい。

サリーナス盆地に現れたときのサミュエルは、男盛りで、はつらつとして創意に満ちていた。深い青い目の一方が、疲れると外に寄って斜視ぎみになる以外は、健康そのものでもあった。大男なのに繊細。家畜相手に泥まみれの仕事をしていても、なぜかいつも清潔そうに見えた。手先がじつに器用だった。鍛冶・大工・木彫の何をやらせてもうまく、木っ端《こっぱ》と金属片があれば、その場で何でも作ってみせたし、ありふれた何かを作るときでも、いつも新しい方法、もっとよい方法、もっと速い方法を工夫しつづけた。ただ、金儲けの方法だけは、ついに工夫できなかったようだ。目先のきく連中はサミュエルの技と成果を盗み、それを売って金持ちになったが、サミュエル自身は、一生涯、ようやく家族の食い扶持《ぶち》を稼ぐだけで終わった。

サリーナス盆地は、緑の島に生まれた男が憧れる土地とはとうてい思えない。なのになぜここに足が向かったものか。不明だが、とにかく、世紀の変わり目より三十年ほど前、サミュエルは小柄なアイルランド人の妻を連れてやってきた。妻はむっつりしたしかめ面の女で、鶏ほどのユーモアも持ち合わせなかった。いかにも長老派教会員らしい気むずかしい心と道徳観を持ち、人がやって楽しそうなことはすべて見とがめて、身のまわりから排除した。

サミュエルがどこで妻に出会い、どう求愛して結婚したのかは、わからない。絶対に心のどこかに別の娘の面影が焼きついていたはずだ、と私は思う。愛情があふれるようだったサミュエルに対し、妻は感情を見せない女だった。なのに、サリーナス盆地に来てから死ぬまでの長い年月、サミュエルがほかの女のもとに通った形跡はまったくない。

サミュエルと妻ライザがサリーナス盆地にやってきたとき、平らな土地はもう全部他人の持ち物になっていた。立地条件のよい低地はもちろん、山間の肥えた小さな土地にも、森にも、すでに持ち主がいた。だが、盆地の縁にわずかに入植可能な土地が残っていて、サミュエルは現在のキングシティの東、地味《ちみ》の痩せた丘陵地に入植した。当時の自営農地法のもとで、まず自分用に百六十エーカー、妻の分として百六十エーカー、さらに妻が妊娠していたから、生まれてくる子の分として同じく百六十エーカーの土地を取得した。以後、男子四人と女子五人、合計九人の子が生まれ、そのたびに百六十エーカーずつの土地が加わって、農場の広さは最終的に千七百六十エーカーになった。

もう少しまともな土地だったら、一家はきっと裕福になっていただろう。だが、ハミルトン農場の土地は痩せて、乾いていた。泉はなく、皮膚を突き破る骨のように、薄い表土から燧石が飛び出していた。蓬《よもぎ》でさえ育つのに苦労し、水不足で楢《なら》の木が小さくいじける。そんな土地ではしかたがない。まずまず豊作と呼べる年でさえ、飼料に回せる穀物はごく少なく、家畜はいつまでも太れずに、食べる物を探してその辺をうろつき回った。ハミルトン一家の住む不毛の丘から西方を見ると、眼下には低地の豊かな実りと、サリーナス川周辺の緑がよく見えた。

サミュエルは自力で家を建て、納屋と鍛冶場も作った。だが、潤いのない骨と皮ばかりのこの丘陵地では、たとえ一万エーカーの土地持ちになっても暮らしは成り立たない。すぐにそう悟り、今度はその器用な手を使って井戸掘り機を作った。この機械は実際にいくつもの井戸を掘り当てたが、残念ながら、いずれもサミュエルより幸運な人々の土地での話だ。脱穀機も発明し、収穫期には低地の農家を巡回して、自分の畑ではどうしても育とうとしない穀物を脱穀して歩いた。鍛冶場では鋤《すき》の刃を尖らせ、馬鍬《くわ》を修理し、折れた車軸をくっつけ、馬の蹄鉄を打った。やがて、地域の人々は、修繕や改良の必要な道具があると、それをサミュエルのもとに持ってくるようになった。来れば修繕の用が足りるし、ほかに楽しみもある。サリーナス盆地の外がどういう世界で、そこに住む人が何を考えているかをサミュエルから聞けた。ときには、流行している詩の暗誦や哲学の解説というおまけも付いた。サミュエルの低音は表現力が豊かで、歌にも語りにも適していた。いわゆるアイルランド訛《なま》りではなかったが、独特の抑揚とリズムがあって、低地を耕す寡黙な農夫の耳に柔らかく、心地よく響いた。ウイスキーを持参する客もいた。台所の窓と、そこからのぞくハミルトン夫人の険しい眼差《まなざ》しから隠れ、焼けるようなやつを瓶からちびちびとすすったあと、未熟な野生のアニスをかじって、息のウイスキー臭を消そうとした。特別にしけた日でもないかぎり、鍛冶場の炉の周りにはいつも三、四人の男がたむろし、槌音《つちおと》の合間に聞こえてくるサミュエルの話に耳を傾けた。サミュエルを冗談の天才と呼び、聞いたばかりの話を大事に家へ持ち帰ったが、いざ自分の家の台所で繰り返してみると、どうしても同じ話には聞こえず、いったい途中で何をなくしてきたのか、と首をひねった。

井戸掘り機と脱穀機と鍛冶場があれば、金持ちになっていて不思議ではない。だが、サミュエルには商才がなかった。客はいつも金に詰まっていて、収穫が終わったら払う、と約束する。それがいつしか、クリスマスが終わったらになり、何が終わったら、かにが終わったらになって、ついには忘れ去られる。それをもう一度思い出させることが、サミュエルにはできなかった。ハミルトン一家はいつも貧乏だった。

年月の経過と歩調を合わせ、律儀に子供が生まれた。郡に数人しかいない医者はみな働きすぎで、出産のために往診を頼んでも、誕生の喜びが悪夢に変わり、その悪夢が数日つづきでもしないかぎり、めったに足を運んでくれなかった。だから、サミュエルは子供全員を自分の手で取り上げた。臍《へそ》の緒《お》を手際よく縛り、尻をひっぱたき、後産を始末した。末の子のお産では何かが起こり、赤子の顔が紫色に変わったが、慌てず赤ん坊の口に自分の口をつけ、息を吹き込んでは吸い出した。これを繰り返すうち、やがて赤ん坊が自力で呼吸を始めた。二十マイル四方の隣人は、九人の赤ん坊を取り上げた腕を信頼し、いざというときには応援を頼んだ。サミュエルの腕は、牝馬にも牝牛にも人間の女にも等しく通用した。

手近な棚の上にいつも大きな黒い本が一冊のっていて、表紙には金文字で『ガン博士の家庭医学』と書かれていた。よく読まれ、折れたり擦れたりしているページがあるかと思うと、まったく開かれたことのないページもある。『ガン博士』をざっとめくれば、ハミルトン一家の病歴がわかった。よく利用された項目は「骨折」「切り傷」「打撲傷」「おたふく風邪」「麻疹《はしか》」「腰痛」「猩紅熱《しょうこうねつ》」「ジフテリア」「リューマチ」「婦人病」「ヘルニア」。そして、妊娠と出産に関するすべて。一方「淋病」と「梅毒」の項をついぞ開いた形跡がなかったのは、ハミルトン一家が幸運だったのか、品行方正だったのか。

ヒステリーを鎮め、おびえた子供を落ち着かせる腕前で、サミュエルの右に出るものはなかった。きっと言葉の柔らかさと、心の優しさのせいだったろう。外見に清潔感があったように、ものの考え方にも清潔感があった。サミュエルとしゃべり、その話を聞くために鍛冶場に来る男たちは、その場だけのことながら、日頃の悪態を控えた。べつに注意されたのではない。悪態はこの場にそぐわないと、自然に感じさせる雰囲気があった。

サミュエルはどこか周囲と違った。それは、たぶん言葉の調子からくる感じだったろう。そのちょっとした違和感がサミュエルを特別な存在にし、安全な秘密保管庫のように感じさせたのかもしれない。男たちは――いや、女たちも――友人や肉親にさえ話さないことを、サミュエルには打ち明けることがあった。

同じアイルランド人でも、ライザ・ハミルトンは別人種だった。頭は小さくて丸く、そこに小さくて丸い信念の塊が詰まっていた。小さくて丸い鼻。小さくて固い下顎《したあご》は後ろへ引かれぎみで、いったん食いしばると決めたら、天使の説得があっても開きそうになかった。

主婦としては、質素な手料理が上手だったし、掃除にも熱心で、自分の家を――そう、サミュエルの家ではなく、ライザの家だった――せっせと掃《は》き、叩き、拭いた。出産もどうということはない。骨盤が丈夫な鯨の鬚《ひげ》ででもできていたのか、次から次へ大きな子を産んだ。ちょっと大事をとるのも、出産後、せいぜい二週間でよかった。

ライザには、よく発達した罪の観念があった。怠惰は罪。トランプも怠惰の一種だから、もちろん罪。トランプに限らず、やって楽しいことは、踊りであれ歌であれ、笑うことでさえも、ライザにはいかがわしいことに思えた。陽気に楽しい時を過ごしている人を見ると、悪魔の前に無防備でいるように感じた。夫サミュエルもよく笑う男だったから、ライザはきっと地団太《じだんだ》を踏む思いだったろう。悪魔の前に平気で立っている夫を、力の及ぶかぎり守ろうとした。

いつも髪をきつく後ろに引っ張り、固く束髪《そくはつ》に結っている人だった。どういう服を着ていたか、私にはまるで覚えがない。ということは、人柄そのままの服装だったに違いないと思う。ユーモアのセンスはかけらもなく、ほんの時たま、相手を切り裂く鋭利な知性の刃を振るった。弱さのない人であり、孫には怖い祖母だった。生涯、不平一つこぼさず、勇敢に人生に堪えつづけたのは、それこそが、神が人に望む生き方だと確信していたからだろう。報いはあとから来るもの――ライザはそう信じていた。

2

初めて西部へ来た人々――とくにヨーロッパから渡ってきた人々――は、焦がれるような土地所有欲にとりつかれた。無理もない。小農地の所有と奪い合いを見慣れてきた目に、突然、広大な土地が飛び込んできた。しかも、書類に署名し、五年間住んで耕すだけでそれが手に入るというのだから。誰もが際限なく土地をほしがった。できれば良い土地を、しかしとにかく土地を。名家は物持ちだから名家になり、物持ちだから名家でありつづけたのが、中世ヨーロッパ。その残像が脳裏にこびりついていたのかもしれない。初期の入植者は懸命に土地を取得した。不要でも、使えなくても、価値がなくても、ただ所有するために土地を取得した。釣り合いの感覚が狂い、ヨーロッパでは十エーカーで裕福だった人が、カリフォルニアでは二千エーカーで赤貧の人になった。

キングシティやサンアルド近くの痩せた丘陵地でさえ、すべての土地の所有者が決まるまでに、さほど時間はかからなかった。あの丘にもこの丘にも、みすぼらしい身なりの家族が住みつき、燧石だらけの薄い土壌から生活の糧を絞り出そうとした。半ば絶望しながらも、抜け目なく、ぎりぎりの生活をつづける。それはコヨーテの生き方に似ていた。金もなく、機械も道具も信用もなく、新しい土地の知識も土地活用の技術もないままに、この地に入植してきた人々。そんな無謀な企ての裏にあるものを、聖なる愚鈍と呼んでいいのか、大いなる信仰と呼んでいいのか、私にはわからない。ただ、いまの世からほぼ失われた何かであることは確かだ。それに、無謀だったにせよ、入植者は現実に生き延び、子孫を増やした。それはなぜか。彼らには一つの武器があった。これもまた今日《こんにち》の世界から消え失せつつあるように私には見えるが、あるして暮らせるのだ。最初の入植者が正義と道徳の神を信じていたから……とは、よく言われることだ。その神に全幅《ぜんぷく》の信頼を置いたからこそ、些細《ささい》な安全の問題を成り行きに任せることができたのだ、と。だが、違う、と私は思う。自分を信じ、自分という個人を尊んだから——価値ある道徳的存在となりうる一つの人格だと信じて疑わなかったから——自分の勇気と尊厳を神に与え、あらためて神からもらい直すことができたのだと思う。いまの世から無謀な企てが消え失せたのは、たぶん、人がもう自分を信じなくなったからだ。自分への信頼がなくなれば、あとには何も残らない。誰か強い信念の人を見つけ、その信念が誤りかどうかには目をつぶって、その人の上着の裾にしがみつくしかない。

多くの人が一文無しでサリーナス盆地にやってきた。だが、なかには、もとの生活の場で財産を処分し、十分な金を持って新生活に臨んだ者もいる。そういう人々は、たいていその金で土地を——よい土地を——買い、鉋《かんな》のかかった木材で家を建て、絨毯を敷き、菱形の色つきガラスを窓にはめた。こうした家族もたくさんあって、盆地でも選り抜きの土地を手に入れ、黄色いマスタードの野原を小麦畑に変えた。

アダム・トラスクもそういう一人だった。

第三章

1

アダム・トラスクは、一八六二年、コネチカット州の農家の一人息子に生まれた。そこは小さな町の郊外だったが、近くには州内有数の大きな町もあった。父親が六カ月前にコネチカット連隊の一つに召集されていて、母親は一人で農場を切り回しながら、アダムを産んだ。忙しかったろうが、一方では素朴な神智学に打ち込み、瞑想を実践して霊知を得ようとする母親でもあった。南軍兵士は野蛮で何をするかわからない、夫はきっと殺される……そう思い、「あちら」で夫に再会するための準備だったろう。だが、アダムが生まれて六カ月後、その夫が戻ってきた。右脚の膝から下を失い、樵《ぶな》の木で自作した義足らしきものをつけ、それがもう割れかけていて、不自由な足取りでの帰郷だった。ポケットから鉛《なまり》の弾丸を取り出し、居間のテーブルの上に置いた。ぶらぶらになった脚を切り落とすとき、嚙みしめているように言われた弾丸だ、と言った。

アダムの父サイラス・トラスクは、昔から向こう見ずで、手に負えないところのある男だった。帰還後もそれは変わらず、荷馬車を猛烈に突っ走らせたかと思うと、木の義足で颯爽《さっそう》と歩いてみせ、義足もなかなかいいものだと周囲に思わせたりもした。たいして長い軍隊生活ではなかったが、それを大いに楽しんだ。生まれつき荒っぽい男で、わずかな訓練期間はむしろ楽しかったし、そこでの飲む・打つ・買うはとても気に入った。補充兵員として南部へ送られてからも、行軍を楽しんだ。南部見物ができたし、鶏を盗むのも、南部の女を追いかけて干草の山に転がすのもおもしろかった。灰色の作戦行動と戦闘が延々とつづけば、どんな兵隊も絶望的なまでに疲れ果てるが、サイラスはその運命を免れた。なにしろ、初めて敵に遭遇したのが、ある春の日の午前八時で、その三十分後にはもう右脚を撃たれていた。重い一粒弾にやられ、骨は砕けて修復不可能だったが、南軍がすぐに退却し、軍医に早く手当てをしてもらえたのが幸運だった。それでも、五分間くらいは地獄を見ただろう。ぼろ切れのように垂れ下がる皮膚を切り取り、骨を鋸で直角に切断し、剝き出しの肉を火で焼いたのだから。嚙んでいた弾丸についた歯型が、その地獄を物語っている。それに、当時のきわめて不衛生な病院のことだから、傷が一本調子で回復したはずはなく、その苦痛も相当なものだったろう。だが、サイラスには強い生命力があり、やせ我慢がきいた。樵の木を削って義足を作る間も松葉杖でひょこひょこ歩き回り、材木の山の陰から黒人女に口笛で誘われると、その誘いに乗って十セントを払った。おかげで、悪性の淋病を頂《ちょう》戴《だい》するはめにもなった。痛みから感染を知ると、義足を完成させてから何日も女を探し回り、見つけたらどう仕返しするかを病み友達に話して聞かせた。このポケットナイフで両耳を切り落とし、鼻をそいでやる。金も取り返す……。そして、どうそぐかを義足で実演してみせた。これで、あん畜生、さぞかし見映えのするご面相になるだろうよ。酔っ払ったインディアンにだって、もう相手にしてもらえねえぞ……。だが、そんな危険を察知してか、その黒人女は二度とサイラスの前に現れなかった。退院して除隊する頃には、さしもの淋病もほぼ治まり、あとはコネチカットの家に帰りついて、妻にうつすほどの毒を残すのみだった。

トラスク夫人は、青白い、内に閉じ籠もる女だった。頬が太陽の熱で赤らむことはなく、口もとが大らかな笑いで緩むこともない。世の病にも身の病にも宗教をただ一つの治療法とし、病に合わせて宗教を変えた。最近まで信仰してきた神智学は、亡くなると信じた夫とあの世で再会するための宗教だったから、当面、不要となった。そこで、次なる宗教を――ということは、それで癒すための次なる不幸を――探しはじめ、夫が戦争から持ち帰った感染症に、恰好の不幸を見出した。身の異常に気づくと、すぐに新しい神の創造に取りかかった。再会の神から、今度は因果応報の神へ。それはこれまでで最も満足できる神となり、結果的に最後の神となった。わが身を侵している病の原因を、夫の留守中に見た特殊な夢に求めることは、夫人にはごく自然なことであり、むしろ、数夜にもわたる不謹慎な夢への罰として、この程度の病気ではいかにも不足と思われた。懲罰に長《た》けた新しい神は犠牲を要求し、夫人は服従の――所詮《しょせん》は独り善がりの服従ではあったが――印として何が適切かを心の内に探り、ついにわが身を犠牲にすることを思いついて、その瞬間、ほとんど幸福感すら覚えた。最後の手紙を書き、とうてい犯せたはずのない罪を告白し、自分の能力をはるかに超える過ちを認めた。二週間かけて何度も書き直し、綴《つづ》りの誤りを訂正した。そして、月明かりの夜、ひそかに作っておいた死装束に身を包むと、家を出て、池で溺死《できし》した。浅い池だったから、泥の中に膝をつき、頭を水に突っ込んだ姿勢を保たなければならず、大きな意志の力を必要とした。ようやく全身に忍び寄ってきたほの暖かい朦朧《もうろう》状態の中で、翌朝引き上げられる自分の姿を想像して、やや顔をしかめた。せっかくの白いローン地の死装束なのに、前が泥で汚れている……。夫人の想像は当たった。

たまたま戦友が三人、メイン州へ帰る途中に立ち寄っていて、サイラスはその三人といっしょに一樽《ひとたる》のウイスキーで妻の死を悼《いた》んだ。四人とも赤ん坊のことなど何一つ知らず、腹を満たしてやることを思いつきもしなかったから、通夜が始まったとき、アダムはしきりに泣いた。サイラスがぼろ切れをウイスキーに浸して吸わせると、赤ん坊は黙り、それを三、四回繰り返すうちに眠った。通夜は延々とつづき、赤ん坊は何度か目をさましてむずかったが、その都度《つど》、ウイスキーを含んだぼろ切れを与えられ、また眠った。こうして、二日半、赤ん坊は酔っ払いつづけた。それが発育中の脳にどう作用したかはわからない。だが、新陳代謝には確かに有効だったようで、この二日半以後、赤ん坊は鉄の健康を手に入れた。通夜は三日間つづいて終わり、サイラスはようやく外出して、山羊《やぎ》を一頭買ってきた。その乳をアダムは貪《むさぼ》り飲み、吐いて、また飲んだ。飲んで吐いて飲むのはサイラス自身がやっていたことでもあり、そんな赤ん坊の様子にとくに驚くこともなかった。

一月《ひとつき》とたたないうち、サイラスは、界隈《かいわい》に住む農夫の十七歳になる娘、アリスに目をとめた。求愛はすばやく、真剣で、サイラスの意図は誰の目にも明らかだったが、行き着く先に結婚がある以上、非難されるいわれはない。娘の父親もこの求愛を後押しした。アリスには初めての結婚申し込みだったが、もう十七歳だし、農夫にはその下にまだ二人も娘がいた。

　サイラスには、アダムの面倒をみてくれる女が必要だった。家や台所のことをしてくれる人間もほしいが、召使には金がかかる。血気盛んな男だから女の体もほしいが、これも結婚以外で手に入れるには金がかかる。サイラスがアリスに求愛し、結婚し、一つベッドに寝て、妊娠させるまでに、二週間とかからなかった。だが、当時、一人の男が一生の間に三人、四人と女房を使い切るのは、ごく当たり前のことだったから、近隣の人たちの目には、とくにあわただしいやり方とも映らなかった。

　アリス・トラスクには、いくつもの美点があった。力を込めて雑巾《ぞうきん》をかけるし、部屋の隅の汚れも見逃さない。さして美人ではないから、いつも見張っている必要がない。目は灰色で、血色も悪く、歯は乱杭《らんぐい》ぎみだったが、実際にはきわめて健康で、妊娠中も泣き言一つ言わなかった。アリスは子供がほしかったのだろうか。それは誰にもわからない。誰も尋ねようとしなかったし、尋ねなければ、自分から何かを言う女ではなかった。サイラスとすれば、それこそがアリスの最大の美点だったろう。何も主張せず、意見も言わない。そして、人が話しているときは、忙しく家事をこなしながらも、なんとなく、真剣に聞いているような印象を与えた。若くて、うぶで、無口。結局、サイラスにとってはありがたいことずくめの女だった。

とくに代わり映えのしない農場経営をつづける一方で、サイラスは元軍人という新しい人生を歩みはじめていた。かつては外に向かい、サイラスを向こう見ずにしていた活力が、今度は内向きに転じて、あれこれ考えをめぐらせる男に変えた。サイラスがどんな兵隊で、どれだけの期間務めたかは、戦争省内部の人間にしかわかりはしない。とにかく、木の義足がある。これがお務めをすませたことの証明であり、二度としなくてよいという保証になる。やがて、サイラスは自分が参加した作戦のことをアリスに物語るようになった。初めは口籠《くちご》もるような話し方だったが、しだいに話術が上達し、それとともに作戦の規模と激しさも増していった。最初は、それが嘘であることを自覚していただろうが、その意識は徐々に薄れ、サイラスの内部ではどれもこれもが本当のことになっていった。以前は戦争になどさほど関心がなかったのに、いまは戦争に関するあらゆる本を買い込み、報告という報告に目を通し、ニューヨークの新聞まで購読した。地図も熱心に研究した。どの地がどの州にあるかさえあやふやで、その地でどんな戦いがあったのか知りもしなかったサイラスが、いまや権威になった。作戦、軍の動き、個々の戦闘を知っているだけではない。そこにどの部隊が参加したかを連隊レベルまで知り、どの州から派遣され、誰が指揮していたかも知っていた。そして、語っているうちに、自分もそこで戦っていたという確信が生まれた。

こうしたことが、長い年月にわたって徐々に進行していった。その間にアダムは少年になり、すぐあとに腹違いの弟もつづいた。サイラスは将軍一人一人を取り上げ、その考えと計画、犯した間違い、本当はどうすべきだったかを語りつづけた。アダムと弟チャールズは黙ってすわり、そんな父親を尊敬の眼差しで見ていた。わかりきったことだったのだ、と父親が言う。北軍総大将のグラント将軍にもマクレラン将軍にも、間違いだと言ってやった。状況を分析し、懇切丁寧に説明してやった。なのに、せっかくの助言を無視しおって……。だが、見ろ、すべてはわしの言ったとおりになったぞ。

一つだけ、サイラスが決してしなかったこと——しなくて、たぶん賢明だったこと——がある。それは下士官への昇進だった。サイラス・トラスクの軍歴は一兵卒で始まり、一兵卒で終わった。だが、戦争全体を通じて、サイラスほど機動的で、神出鬼没だった兵隊はいない。同時に四つの場所にいることさえあったが、その四つの戦いを矢継ぎ早に語ることがなかったのは、たぶん本能のなせる業だったろう。こうして、アリスと二人の子の頭には、夫であり父である男の姿が見事に描かれていった。それは一兵卒であり、それを誇りに思っている男、転換点となる戦いや重要な作戦行動には必ず居合わせた男、一兵卒の身で幕僚会議に自由に出入りして、将官らの下す決定にときには賛成し、ときには反対する男だった。

リンカーンが死んだとき、サイラスはみぞおちに激しい一撃を食らった。その悲報に接したときの衝撃を終生忘れず、それが話題になるたびに目を潤ませた。サイラスが自分の口から明言したわけではない。だが、リンカーンについてサイラスが語るのを聞いたあとでは、一兵卒トラスクこそリンカーンの最も親しい、最も思いやりのある、最も信頼された友人なのだ、という拭いがたい印象が残った。軍のことを知りたいとき、リンカーンはサイラスに――そう、金モールで飾り立ててふんぞり返った木偶《でく》の坊《ぼう》連中ではなく、兵士トラスクに――相談を持ちかけた……と、言葉で言わずに、どうやって周囲に思わせたのか。それはもう、ほのめかしの芸術とでも言うしかない。サイラスは嘘をついたわけではない。ただ、頭の中に嘘があり、口がどんな真実を語っても、その真実全体が嘘の色に染まっただけの話だ。

ごく早いうちから、サイラスは戦争がどう遂行されたかを検証し、あちこちに手紙を書き、投稿するようになっていた。その説くところは知的で、説得力があり、背後によく練られた優秀な軍事的頭脳があることをうかがわせた。戦争の進め方と、当時の軍隊組織の両方に向けられたサイラスの批判には、反論を許さない鋭さがあった。雑誌に掲載された論文は各方面で注目され、戦争省宛に書き送る書簡は、同時にいくつかの新聞にも発表されて、無視できない影響力を持ちはじめた。もちろん、北軍で戦った人々で作る陸海軍人会が弱小団体だったら――これといった政治力を持っていなかったら――サイラスの主張もワシントンまでは届かなかったろう。だが、現実にそれは百万人近くを擁《よう》する団体であり、サイラス・トラスクはいまやそのスポークスマン的人物の一人になっていた。そういう人物が軍事問題で発した声を無視することなど、誰にもできるはずがない。軍の編制、将校関係、兵員と装備について、サイラスはしかるべき人々から相談を受ける立場になり、実際に相談してみると、その知識のほどは誰にも疑いようがなかった。サイラスには軍事の天才があった。だが、それにも増して重要だったのは、陸海軍人会が一大勢力として国民生活に根づいていくのに、サイラスも一役買っていたことだ。サイラスは軍人会の無給の役職をいくつかこなしたあと、事務局に入って有給の幹部職についた。以後、死ぬまでその職にとどまり、全国各地の大会や大小の地域集会を精力的に駆け回った。サイラスの公的生活は、まず、そんなふうだった。

元軍人という新しい生き方にサイラスは全力で打ち込み、それは私生活にも及んだ。家と農場の運営に軍隊調を貫き、家計のことも、アリスに命令して報告させた。たぶん、アリスにもそのほうがよかったろう。もともとおしゃべりではなく、短い報告ですませられれば、それに越したことはない。それに、アリスは疲れていた。育ち盛りの男の子の世話をし、家を掃除し、衣類を洗濯しなければならないのに加え、それとは別の——夫への報告でも触れることのない——疲れもあって、体力の消耗をできるだけ抑える必要があった。何の前触れもなく、突然、体中の力が抜けてゆく。何もできず、じっとすわって力が戻るのを待つしかない。夜にはぐっしょりと寝汗をかく。それが何を意味するか、アリスにはよくわかっていた。体力を容赦なく奪っていく激しい咳《せき》が駄目押しとなったが、それを待つまでもなく、これは結核に違いない、と思った。この先どれだけ生きられるものかわからない。病状の進行速度は一概に言えず、衰弱しながらも随分生き長らえる人もいる。だから、アリスはあえて夫に打ち明けなかった。いや、その勇気がなかったと言うほうが正しいだろう。刑罰にも似た夫の病気治療法は、これまでにもさんざん見てきた。たとえば、腹痛には猛烈な下剤をかけ、死なないのが不思議なほどの下痢を起こさせる。もし自分の病状を話し、サイラスが治療を開始したら、結核でやられる前に、治療で殺されてしまうかもしれない。サイラスが軍隊志向を強めていくなかで、アリスもまたあらゆる新兵同様、軍隊で生き残る術を学んだということなのだろう。つまりは、目立たないことだ。自分からは口を開かず、言われた以外のことに手を出さず、褒美《ほうび》や感謝など絶対に望まない。アリスは後列に並ぶ大勢の兵隊の一人になった。隊列に埋もれているのが一番。アリスは背景に溶け込み、ほとんど透明になった。

だが、幼い子らは、サイラスの軍隊好きにまともに巻き込まれた。軍隊が必ずしも完璧ではないことは、サイラスにもわかっていた。それでも、男にとって唯一の名誉ある職業だという思いは変わらず、義足のせいで軍人の生涯を全うできなかった自分を残念に思い、子供の将来には軍隊以外のものを想像できないようだった。さらに、男たるもの、この自分と同じく一兵卒から軍人の道を極めるべきだ、とも思っていた。図表や教科書からではなく、経験から軍隊を知るにはそれしかない。その信念で、まだ歩けるかどうかという頃から子供に武器の扱い方を教え込んだ。小学校に上がる頃には、小隊教練が子供らの生活のごく自然な――しかし、地獄のように厭《いと》わしい――一部となっていた。棒切れを持ったサイラスが義足を叩いて拍子をとり、子供らがそのリズムに合わせて行進する。強い肩をつくるために石を詰めたリュックサックを背負い、一度に何マイルも歩く。家の背後の林の中では、絶えず射撃訓練をした。

子供はいつか大人の正体を見抜く。大人にも神のような知性はないこと、常に賢明な判断をするとは限らないこと、ときには考えを誤ったり、不公正な結論を得たりすること。そのことに気づくとき——小さくて真剣な頭にそんな考えがふと浮かぶとき——子供の世界は瓦解《がかい》し、恐慌状態が支配する。神々は堕ち、あらゆる安全が消滅する。神は少しずつ堕ちるのではない。必ず一気に堕ちて、木っ端微塵《こっぱみじん》に砕け散るか、緑の汚泥の底深く沈む。その神が以前の姿を取り戻すことは難しく、かつての輝きは絶対に戻らない。完全無欠だった子供の世界はもはやなく、痛みをともなう成長がそこにある。

2

アダムも父親の正体を見抜いた。父親が変わったのではなく、アダムに新しい何かが芽生えた。訓練は昔から嫌いだった。正常な動物ならみなそうだろう。だが、それは麻疹《はしか》と同じで、避けられないものであり、当然の事実であって、拒否し、呪っても始まらないもの、ただ嫌うことしかできないものだった。だが、あるとき、頭の中で何かがカチリと音をたて、一瞬にしてアダムは悟った。父親が課してきた——少なくともアダムに課してきた――訓練は、この世に何の根拠も持たない。根拠はただ父親のみ。訓練の方法も内容も、息子のためではなく、父自身を偉く見せるために考え出されたものだ……。それだけではない。父親が決して偉人でないこともわかった。偉そうなバズビー帽はこけおどしで、父はただ強烈な意志を持って、一点を見つめつづけるだけの小物だった……。何がこの変化のきっかけになるのだろう。目に浮かんだ表情か、暴かれた嘘か、一瞬のためらいか。誰にもわからない。だが、子供の頭の中で神がまっさかさまに墜落する。

アダムはいつも従順な子だった。内面に、暴力や争いにひるむところを持っていた。無言の絶叫で平和を引き裂こうとする、家庭内の緊張にもおびえた。いつも平穏を望み、暴れず争わずを貫くことでそれを実現しようとしたが、人間とは多かれ少なかれ暴力を内に秘めているもの。アダムの努力は、自身を秘密の殻に籠もらせる結果にしかならなかった。生活を曖昧さのベールで覆い、豊かに脈打っている生命を穏やかな眼差しの背後に隠した。そうやっても外部の攻撃から守られるわけではないが、一定の免疫はできる。一方、アダムより一歳と少し年下の腹違いの弟チャールズは、父親の我の強さを受け継いでいた。生まれながらに運動神経がよく、タイミングの感覚と体の動かし方に本能的な鋭さがあった。他者に打ち勝つという、世俗的成功には欠かせない競争者の意志も持っていた。
弟チャールズは、力でも技でも、機転がきくことでも兄アダムに勝り、すべての競争に勝った。あまりに簡単に勝ったから、競争相手としての兄には早々と興味を失い、ほかの子供に敵を見つけるようになった。以後、二人の間にはある種の親しさが育ちはじめたが、それは兄弟の関係というより、姉と弟の関係に近かった。アダムに難癖をつけたり、悪口を言ったりする子がいると、チャールズが出ていって、たいていはやっつける。父親の手荒い叱責がアダムに向けられるときは、嘘で――ときには自分が罪をかぶってまで――兄をかばう。兄に向けられるチャールズの眼差しは、無力なものへの眼差しだったろう。目も明《あ》いていない子犬とか、生まれたばかりの赤ん坊とか……。

アダムは脳を覆うベールの下から、目という長いトンネルを通して世界の住人をながめていた。まず、父親。初めは、自然の威力そのものが片脚で歩いているように見えた。小さな少年をさらに小さく縮こまらせ、愚かな少年に愚かさを自覚させるため、自然がいみじくも身近に配してくれた力。だが、神は墜落し、父は警官になった。それは、この世に生まれて以来ずっと自分を見張ってきた警官であり、こっそり背後に回って出し抜くことならできるかもしれないが、真正面から挑むことなどとうていできない警官だった。異母弟のチャールズは、自分とは別種の生き物——何か光り輝く存在——に見えた。筋肉も骨も、速さも機敏さも、自分とは段違い。悠然とした足取りで迫るつややかで危険な黒豹にも似て、感嘆の対象ではあっても、自分と比較することなど思いもよらなかった。もちろん、打ち解けて話すこともない。話したいことはあった。世界を覗き込む長いトンネルの奥には、飢餓感がわだかまっていたし、灰色の夢も、秘密の計画も、暗黙の喜びもあった。だが、美しい樹木や空を飛ぶ雉《きじ》とは、いくら思いを分かち合いたくても話が通じない。同様に、チャールズとも話はできなかった。チャールズという弟がいてくれるのは嬉しいが、その嬉しさは、女が大粒のダイヤを喜ぶのに似ていた。女はダイヤモンドの輝きと、値段に包まれた堅固な安定感を喜ぶ。アダムも同じように弟がいることを喜んだが、それは愛情・好意・共感とは無縁の感情だった。

アリス・トラスクには、恥ずかしさにも似たほのかな思いを隠し持っていた。本当の母親でないことは、何度も言われて知っていたし、かつて母親がいて、その母親が何かをしたことも知っていた。何をしたかは知らない。だが、いろいろなことが語られるときの口調から、恥ずべき何かであることはわかっていた。たとえば、鶏の世話を忘れたとか、林の射撃場で的《まと》を撃ち損じたとか、そんなことだろうか。その恥ずべきことの結果として、母はどこかへ行ってしまった。何をしたのか知りたい、とアダムは思った。どんな罪を犯したのかがわかれば、自分もその罪を犯し、ここからいなくなれるのに、と。

アリスは二人の子を平等に扱った。といっても、体を洗い、食べさせるだけのことで、あとはすべて父親が取り仕切った。子らの訓練は、肉体の訓練も知能の訓練もすべて父親の領分。母親の口出しは無用……と、有無を言わせない口調で申し渡されていた。褒めたり叱ったりする権利さえない。だが、アリスは不平を言わず、口答えもしなかった。それどころか泣きも笑いもせず、その口はいつも真一文字に結ばれていて、何かを隠すことがない代わり、何かを与えることもなかった。ただ一度、まだごく小さかった頃、アダムはアリスのいる台所へそっと入ったことがある。アリスは気づかず、顔に微笑みを浮かべながら靴下を繕っていた。アダムはこっそり引き返し、家を出て林に入ると、切株の後ろにあるいつもの隠れ家に行き、頑丈な木の根の間にすっぽりと身を隠した。アリスが裸でいる所へ行き合わせたような衝撃を受けていた。興奮して呼吸が荒く、喉がぜいぜいいった。ある意味、アリスは確かに裸だった。だって、にこにこ笑っていたもの。笑うなんて、どうしてそんな勝手気ままができたんだろう……。そう思いながら、アリスへの激しく熱い憧れで胸が痛んだ。憧れの正体が何なのか、アダムにはわからない。生まれてから抱かれたことも、腕の中で揺られたことも、愛撫されたこともない。乳房と乳首の感触も、膝の柔らかさも、愛情と同情の籠もる口調も、痛くて甘い不安も知らない。そうしたすべてのことへの飢えが、アリスへの憧れに籠もっていたが、アダムにはわからない。そんなものがあることさえ知らないのだから、それに飢えていることがわかるはずはなかった。

見間違いだったかもしれない、とはアダムも思った。何か変な影が顔にかぶさってきて、見え方が変だったのかもしれない。だから、頭の中に鮮明に残る像をもう一度見直してみた。すると、目元も笑っているではないか。光の加減で目か口か一方が歪んで見えることはあるだろう。だが、両方はありえない。

それ以後、アダムはアリスをこっそり観察するようになった。観察なら得意だ。それまでも、毎日、石のようにぴくりともせず丘の上に寝転がり、用心深いウッドチャックが子供を日向《ひなた》に連れ出すのを見てきた。同じやり方で、ときには物陰から、ときにはそっぽを向いたまま目の端から、アダムはアリスを観察し、確認した。アリスは一人でいるとき――一人だとわかっているとき――心を解き放ち、庭に遊ばせることがある。そして、にっこりする。その笑いを慌てて引っ込める様子も、ちょうどウッドチャックが子供を穴に連れ戻すときのようにすばやくて、強く心に残った。

アダムはこの宝をトンネルの奥深くにしまい込み、それのお礼をしたいと思った。やがて、アリスの縫物籠の中に、擦り切れた財布の中に、枕の下に、贈り物が置かれるようになった。シナモンピンクの花が二輪、瑠璃鶲《ルリツグミ》の尾羽が一枚、緑の封蠟《ふうろう》がひとかけら、盗まれたハンカチが一枚……。アリスは初めのうちこそびっくりしたが、やがて驚きは消え、思いがけない贈り物を見つけると、庭で見るあの笑みを浮かべるようになった。それは、水中に突き刺された光のナイフを鱒《ます》が横切るときに似て、一瞬見えて、すぐに消えた。アリスは贈り物のことを誰にも言わず、とくに詮索《せんさく》もしなかった。

アリスは夜中にひどく咳き込むようになった。それがうるさくて、サイラスは眠れず、とうとう妻を別の部屋へ移すことにした。だが、妻のベッドを訪れることをやめたわけではない。片手で壁につかまりながら、片脚跳びで頻繁に通った。サイラスが家をきしませながらアリスのもとへ行き、また自室へ戻るとき、子らは父親の移動する気配を感じ、足音を聞いていた。

アダムは成長していき、あることを他の何よりも恐れるようになった。軍隊への入隊……入隊する日が怖い。父親は、いつかその日が来ることを決して忘れさせてくれず、よく話題にした。おまえには軍隊が必要だぞ、アダム、と言った。きっと一人前の男になれる。チャールズは、いまのままでもほぼ一人前だ、とも言った。確かにチャールズは十五歳でもう男、それも危険な男だった。そして、アダムは十六歳で、まだ一人前ではなかった。

3

二人の少年の間柄は、年とともに親密さを増していった。だが、チャールズの気持ちの中には軽蔑も――弟に保護してもらうような兄への軽蔑が――混じっていたかもしれない。ある夕方、二人は家の前庭で、ピーウィーという初めてのゲームをしていた。先の尖った小さな棒を地面に置き、一方の端近くをバットで叩く。小さな棒が空中に跳ね上がるところをバットで打ち、できるだけ遠くへ飛ばす。

いつもは遊びごとの下手なアダムが、その日にかぎっては目の調子がよかったのか、タイミングが合ったのか、ピーウィーで弟に勝った。四回やって四回とも弟より遠くへ飛ばした。そんなことは生まれて初めての経験だったから、アダムは興奮し、弟の顔色をうかがうといういつもの注意を忘れた。五度目も、アダムのピーウィーは蜂のような唸りをあげ、遠く野原のほうまで飛んでいった。気分よく振り返ると、そこに憎悪に満ちた恐ろしいチャールズの顔があり、アダムの胸の奥が凍りついた。「こりゃ、きっとまぐれだ」と、へどもどしながら言った。「もう一度やろうったって、できっこないな」

チャールズがピーウィーを置き、それを叩いた。跳ね上がったところへバットを振ったが、空《くう》を切った。チャールズがアダムに向き直り、ゆっくりと近づいた。目は冷たく、何を考えているのか読み取れない。アダムは怖じ気づいて後ずさりした。身を翻《ひるがえ》して逃げたい衝動もあったが、足の速い弟から逃げおおせるはずはない。だから、ただ後ずさりした。目はおびえ、喉は渇ききっていた。チャールズが近寄り、いきなりバットで兄の顔を殴った。アダムが手で押さえるところへ、再びバットを振るい、今度はあばらを打った。鼻血が出て、アダムの息が詰まった。バットはさらに頭に振り下ろされ、アダムは昏倒した。意識のないまま倒れている兄を見下ろし、チャールズは最後に腹を強く一蹴りして立ち去った。

しばらくして、アダムの意識が戻った。胸が痛くて深く息を吸えず、体を起こそうとすると、腹の筋肉がねじ切れるように痛んで、また仰向けに倒れた。窓から覗いているアリスが見えた。その顔には、これまで見たことのない表情があった。何の表情だったろう。柔和《にゅうわ》でもなく、弱々しくもない。ひょっとしたら憎しみだったろうか。アダムに見られていることに気づくと、左右に分けていたカーテンを下ろし、その後ろに消えた。アダムはようやく地面から起き上がった。胸と腹を抱えるようにして台所に入ると、そこには湯を張った洗面器が用意され、傍《かたわ》らにきれいなタオルも置いてあった。継母《ままはは》が部屋で咳き込んでいるのが聞こえた。

チャールズには一つ尋常でないところがあった。後悔や反省とは無縁であることだ。今回のこともその場かぎりで忘れたかのようで、その後、話題にすることさえなかった。チャールズとすれば、ただ自分らしく振る舞っただけ。悪かったという思いなどさらさらないのだろう。アダムは、二度と勝つまい、と思った。弟に潜む危険をいつも感じてはいたが、あらためて、何の勝負であれ絶対に勝つまい、あいつを殺す用意でもないかぎり絶対に、と肝に銘じた。

この出来事は、チャールズから父親に伝わることはなかったし、アダムも話さなかった。むろん、アリスも話さない。なのに、なぜかサイラスは知っているように見えた。それからの数カ月間、サイラスはアダムに優しかった。かける言葉も以前より柔らかかったし、罰を与えることもない。ほぼ毎晩、説教をするのは変わらなかったが、がみがみと怒鳴るような説教ではなくなった。だが、アダムには、この優しさのほうが以前の暴力より恐ろしく思えた。自分がいま生贄《いけにえ》となるべく訓練されているような気がした。石の祭壇に捧げられる生贄は、不幸を引きずったままでは、その不幸で神々を怒らせる。だから、幸福にするために、親切にされ、ちやほやされる。これは、それと同じではなかろうか……。

サイラスは軍人の本質を優しくアダムに説いた。体験より研究から得た知識だったが、とにかく知識があって、その知識は正確だった。まず、兵士というものの悲しい尊厳について語った。兵隊なんてものが必要とされるのは、人間が欠点だらけだからだ、と言った。兵隊は、人間の弱さに科せられた罰と言ってよい……。サイラスはそう語りながら、たぶん、その欠点や弱さを自分自身の内に確認していたのだろう。けんか腰で怒鳴るような、威勢のいい若い頃の話し振りとは、別人のような口調だった。兵士は、次から次へ山のような屈辱を味わわされる、とも言った。それは、薄汚い無意味な死という最後の屈辱に直面したとき、それに大きな恨みを残さないための準備だ……。サイラスはこうしたことをアダムだけに語り、チャールズには聞くことを許さなかった。

ある日の夕方近く、サイラスはアダムを散歩に連れ出し、歩きながら、いままでに研究し考えてきたことすべての結論を語った。父親の口から流れ出した暗い内容は、分厚い恐怖の渦となって息子にまとわりついた。「これは知っておけよ」とサイラスは言った。「兵隊は、誰よりも聖なる人間だ。誰よりも試され、誰よりも大きな試練をくぐってきているからな。ここのところが重要だ。いいか、有史以来、人は人を殺してはならん、それは許すべからざる悪だ、と教えられてきた。人を殺す者は、自分も滅ぼされる。それほどの大罪だ。人間の知る最悪の罪かもしれん。なのに、兵隊には手に殺人道具を握らせ、うまく使え、賢く使え、と言う。制約も設けない。行って、あの連中を――同胞ではあるが、別グループに属しているあの連中を――できるだけ多く殺せ、と言う。それを実行するには、幼い頃から教えられてきたことをすべて破らねばならん。だからこそ、うまくできた者には褒美が出る」

アダムは乾いた唇をなめた。尋ねようとして最初は声にならず、もう一度やってみた。「そんなことをなぜ……なぜするんです」

サイラスは深く感動し、それまでにない声音で「わからん」と言った。「物事のありようなら、少しは勉強もし、わかったこともある。だが、なぜそうなのかは……まだ理解の戸口にも立っておらん。ただな、理由がわかって何かをしている人間など、そう多くないぞ。本能の命じるままが多い。蜂は蜜を作り、狐は川に足を浸して犬をだます。なぜ？　狐には答えられまい。蜂もそうだ。冬を覚えていて、来年の冬のため、なんて答える蜂がどこにいる？　おまえの入隊が近くなって、わしは放っておくことも考えた。おまえの将来だ。何であれ、自分でぶつかり、探り当てていけばいい、とな。だが、考え直した。わずかばかりの知識だが、それでおまえを守ってやれるなら、そのほうがいいと思う。おまえはもうすぐ軍隊に行く。その年齢になった」

「行きたくありません」アダムは思わず言った。

父親は意に介せず、つづけた。「おまえはもうすぐ軍隊に行く。だから、驚かないように、教えておく。まず、おまえは素っ裸にされる。服を脱がされるというだけではないぞ。残されたちっぽけな尊厳も引っぺがされる。人間らしく生きる権利だの、そっと一人にしておいてもらう権利だの、そんなものはもうないと思え。軍隊に入ったら、寝るのも起きるのも食うのも、糞をするのまで、みんないっしょだ。服もいっしょで、それを着たら、もう自分も他人も区別がつかん。区別をするには、紙切れに『これが私、他人とは別人』とでも書いて、胸にピンでとめておくしかないが、もちろん、そんなことは許されん」

「そんなとこ、行きたくありません」

「そのうち、ほかの者の考えないことは、おまえも考えなくなる。ほかの者に言えない言葉は、おまえももう知らない。何をするのも、ほかの者がやるからする。少しでも他と違うことがあれば、それを危険と感じるようになる。同じに考え、同じに行動する集団だ。違いは、その集団全体にとって危険なことだ」

「同じにしないと、どうなるんです」

「ああ、ときにはそんなことも起こる。同じに、と求められ、あえてはねつける男も出てくる。すると、どうなると思う？　軍隊という巨大機構が総力をあげて、その男が後生大事にしがみついている違いを壊しにくる。冷然とな。鉄の棒を振るい、男から――その精神と神経、心と体から――危険な違いを叩き出そうとする。それでもまだ降参しないと、軍隊はそいつをゲロにして吐き出し、悪臭を放つまま放置しておく。もう軍隊の一部ではないが、かといって自由でもない。だから、おまえは周りと歩調を合わせたほうがいい。周りだって、自分を守りたくてやっているだけだからな。軍隊ってのは、見事なほどに不条理で、美しいまでに無意味なところだ。疑問などという弱体化の要因を許すわけにはいかん。内部にすっぽり入ってしまえば――ほかと比べて、けなしたりしなければ――おまえにも徐々に、確実に、わかってくる。軍隊の理由、その論理、その非情の美がわかってくる。問題は、それを受け入れるかどうかだ。受け入れる男が必ずしも劣っているわけではないぞ。むしろ、ずっとすぐれていることもある。これは、わしが長く考えて得た結論だから、よく聞いておけ。なかにはな、悲惨な軍隊生活を送り、その惨めさに完全に参って、自分の顔をなくしてしまうのもいる。だが、そんなやつは、最初から大した顔を持っておらんのだ。おまえも、あるいはその口かもしれん。だが、一方には、同じ軍隊生活を送り、同じ泥沼に頭まで沈みながら、以前より自分らしくなって浮かび上がってくる者もいる。なぜか。ちっぽけな虚栄心なんぞを捨て去って、代わりに中隊の――ひいては連隊の――精髄を自分のものとしたからだ。そこまで低く沈むことができるなら、思いもよらない高みにも昇れる。仲間との交わりは、天使との戯《たわむ》れにも似て、この世のものとは思えないほどの喜びになる。どれほど口下手な仲間といても、そいつの人間としての質がわかる。これはな、一度とことん深みに沈んでみんと、とてもわからんことだ」

家へ戻る途中、サイラスは左へ折れ、木立に入って空地に出た。あたりは薄暗くなりはじめていた。「父さん」と、不意にアダムが言った。「あそこの切り株が見えるでしょう？　僕の隠れ家です。向こう側に何本か根が張り出していて、父さんに罰を食らったときは、よくあそこに隠れました。それから、ちょっと気が滅入ったときなんかも」

「行ってみよう」と父親が言い、アダムは先に立って案内した。根の間にある鳥の巣のような窪みを見下ろしながら、「わしはずっと前から知っていたぞ」とサイラスが言った。「おまえがどこかに行って、何時間も帰ってこなかったことがある。あのとき、こういう場所があるに違いないと思った。で、おまえにはどんな場所が必要かと考えて、ここを見つけた。見ろ。地面が踏み固められて、小さい草がむしれているだろう？　それに、おまえはあそこにすわって、木の皮をしきりに剝いては、ちぎっている。一目《ひとめ》見て、ここだな、とぴんときた」

アダムはびっくりして、父親を見つめた。「でも、父さんはここへ僕を探しに来たことなんてない……」

「ああ。そこまではせん。人間は、とことん追い詰めてはならんものだ。だから、そこまではせん。誰にでも、逃げ道の一つくらいは残しておいてやらねばな。おまえも覚えておけ。おまえに無理なことをさせているとは、わしも薄々わかっていた。だから、追い詰めたくはなかった」

二人は落ち着かない足取りで、木立を抜けていった。「おまえには、山ほど話しておきたいことがある。わしも、いつまでも覚えていられるとはかぎらんしな。兵隊というものは、実に多くを犠牲にするよう求められるが、得られるものだってないわけではない。人は生まれ落ちた日から、境遇・法律・規則・権利等々、いろんなものを通じて命を守るよう教えられる。もちろん、生きたいという本能から始まるが、すべてがその本能を肯定し、助長する。ところが、兵隊になったとたん、今度はそれに逆らうことを教えられる。自分の命を平然と――それも正気のまま――危険にさらすことを学ばねばならん。誰にでもできることではない。だが、それができる男には、これ以上ない大きな贈り物が与えられる。いいか、アダム」と、サイラスは熱を込めて言った。「ほとんどの男は怖いのだ。しかも、何が怖いのかもわからず、ただ影を、不安を、名前も数もわからん危険を、怖がっている。顔の見えない死を怖がっている。しかしだ、死の影におびえるのをやめ、本物の死に直面できたらどうだ。その男は、もう二度と影など恐れる必要がない。少なくとも、以前のような怖がり方はせずにすむ。本物の死は、弾丸やサーベル、弓矢や槍の形でやってくる。それに直面できた男は、もう、並みの男ではない。ほかの男どもが怖がって泣き叫ぶなかでも安全でいられる。それが軍隊からの大きな――たぶん唯一の――贈り物だ。汚濁に生まれる至高の清浄とでも言うか……。さて、暗くなる。明日の夜、もう一度話そう。いま、わしが話したことをお互いゆっくり考えてから、また明日話そう」

「でも、どうしてチャールズには話してやらないんです。チャールズも行くんでしょう？　僕なんかよりずっと軍隊向きだから」

「チャールズは行かない。あいつが行っても意味がない」

「でも、僕よりはいい兵隊になると思うけど……」

「それは上辺《うわべ》だけのことで、内面ではだめだ。あいつは怖がることを知らん。だから、勇気というものを知ることがない。自分の外側にあるものを何一つ知らんから、いまわしが説明してやったことなどわかりようがない。あれの中には、鎖でつなぎとめておかねばならんものがあるんだ。軍隊に行くということは、それを解き放つことにしかならん。チャールズを軍隊にやる気にはなれん」

「父さんはチャールズを叱ったことがない。チャールズには好きなようにさせ、褒めてやり、殴ったことなんか一度もなくて、今度は軍隊に行かせない……」アダムは不満そうに言い、自分の言葉におびえて口をつぐんだ。いましゃべったことに父親がどう反応するか恐れた。怒りか、軽蔑か、暴力か……。

父親は何も答えず、そのまま歩きつづけて、木立の外へ出た。顎が胸につくほどに深く頭《こうべ》を垂れ、義足が地面を打つたびに、尻が単調に上下した。右脚を踏み出すたびに、木の義足が外へ半円を描いてから、前方に着地した。

辺りはすっかり暗くなり、開け放した台所の戸口から金色のランプの光が外へ流れ出ていた。アリスが戸口から顔を突き出し、二人の姿を探すように暗闇に目をこらしていたが、やがて、不揃いな足音が近づいてくるのを聞いて、また台所の中に引っ込んだ。

サイラスは台所前のポーチの上がり口まで歩いていって、立ち止まり、顔を上げた。

「アダム、どこだ?」

「ここです。父さんのすぐ後ろ」

「おまえは質問をした。答えてやらねばなるまいと思うが、答えるのが良いことなのか悪いことなのか……。おまえは頭がよいほうではない。何がしたいのかもよくわかっておらん。人間に必要な適度の猛々《たけだけ》しさがないから、他人に簡単に踏みつけにされてしまう。犬の糞ほどの値打ちもない弱虫ではなかろうかと思うこともある。これで質問に答えたことになるかな? わしはな、おまえのほうがかわいいのだ、昔からずっと……。こんなことを言うのはよくないんだろうが、事実だ。わしはおまえのほうがかわいい。でなかったら、どうして厳しく罰したりするものか。さあ、これでいいだろう。晩飯にしよう。明日の晩、また話そう。脚が痛いわい」

4

　夕食では何の会話もなかった。静けさを乱すのは、スープをすする音と、物を噛む音。父親が石油ランプの火屋《ほや》から蛾を追い払おうとして、手を振って空気を切る音。アダムは、弟がこっそり自分のほうを盗み見ているのを感じていた。ふと顔を上げた瞬間、アリスが視線をそらすのも見えた。食事を終え、椅子を後ろに押して立ち上がり、「散歩に行ってきます」と言った。

「おれも行く」チャールズが立ち上がった。

　二人が戸口から出て行くのを、アリスとサイラスは見ていた。アリスが珍しく夫に口をきいた。おずおずと「あなた、何をなさったの」と言った。

「何もせんよ」

「あの子を兵隊にやるんですか」

「ああ」

「あの子は知ってますの？」

　サイラスは暗い目つきで、開け放たれた戸口から外の闇を見つめ、「ああ、知っている」と答えた。

「嫌がりますよ。あの子に軍隊なんて……」

「かまわん」とサイラスは言い、もう一度、大きな声で「かまわん」と繰り返した。

その語調が「黙っていろ。おまえの知ったことか」と言っていた。一瞬、沈黙があり、サイラスがほとんど申し訳なさそうに「おまえが産んだ子というわけではないしな」とつづけた。

アリスは何も言わなかった。

兄弟は、轍ででこぼこしている暗い道を歩いていった。前方の村の辺りに、小さな灯がいくつか見えた。

「旅籠《はたご》屋にでも行くか?」とチャールズが言った。「何かおもしろいことがあるかもな」

「そんなつもりで出たんじゃない」アダムが答えた。

「じゃ、わざわざ夜になってどこへ行こうってんだ」

「来てくれって頼んだわけじゃないだろ?」

チャールズが体を寄せてきた。「今日の午後、おやじは兄貴に何を言ってたんだ。二人で歩いているのを見たぞ。おやじは何だって?」

「軍隊の話。いつもと同じだよ」

「どうかな」チャールズが疑わしげに言った。「兄貴と額を突き合わせて、大人どうしの話し合いみたいに見えたぞ。言い聞かせるんじゃなくて、話し合ってるみたいに……」

「お説教さ」アダムはそう言いながら、落ち着こうとした。小さな恐怖が腹の辺りに広がりはじめていて、呼吸を整える必要があった。一口《ひとくち》、できるだけ大きく息を吸うと、そのまま止めて、恐怖を押し戻そうとした。

「おやじは何て言ったんだ」チャールズが居丈高《いたけだか》に尋ねた。

「だから、軍隊の話とか、兵隊になるとはどういうことか、とか……」

「そんなこと誰が信じるか。のらりくらりと嘘ばかりつきやがって。いったい何を隠そうってんだ」

「何も隠してなんかない」

チャールズの口調が激しくなった。「兄貴のおっかさんは狂って身投げしたんだよな。そのおっかさんに魅入られたか。それで嘘ばっかりつくんだ」

アダムは冷たい恐怖を押しやりながら、ゆっくりと息を吐いた。そして、黙っていた。

チャールズが怒鳴った。「兄貴だけのおやじじゃないぞ。何をたくらんでるんだ。いったい何をやるつもりなんだよ」

「何もやってやしない」

チャールズがいきなり前に立ちはだかった。胸と胸が触れ合うほどに迫られ、アダムは立ち止まり、後ずさりした。蛇からそっと逃れるときのように、注意深く下がった。

「おやじの誕生日だってそうだ」チャールズが怒鳴った。「おれは七十五セントも使って、ドイツ製のナイフを買ったんだぞ。刃が三本に、コルク栓抜きもついて、柄に真珠貝を張ったやつ。あのナイフはどこへ行ったんだ。おやじが使ってるのを見たことがあるか。兄貴にくれたんじゃないだろうな。おやじが砥《と》いでるところなんか見たことがない。兄貴のポケットにあるんじゃないのか。おやじはあれをどうした。ありがとうよ、とは言った。だが、それっきり、七十五セントもした真珠貝の柄のドイツ製ナイフは行方不明だ」

その声には怒りが籠もり、聞いているアダムの心に恐怖が忍び込んできた。だが、まだ一瞬の猶予《ゆうよ》がある。この破壊マシンが邪魔者すべてをなぎ倒していくさまを、アダムは幾度となく見てきた。最初に怒りがある。次に冷ややかさが来て、憑かれた感じになる。感情を明かさない眼差し、嬉しげな薄笑い、声にならないささやき。そうなると、もう血を見るまで収まらない。冷静に、手際よく、行き着くところまで行く。弟が両手が正確に、巧みに動く。アダムは唾を飲み込み、干上がった喉を湿らせた。弟が聞き入れてくれそうな言葉など思いつかない。いったん怒りだすと、弟は何も聞かない。いや、何も聞こえない。前に立ちはだかっている黒い影は、アダムより低く、広く、厚い。だが、まだ前屈みの姿勢にはなっていない。星明かりに濡れたように光っている唇には薄笑いは浮かんでおらず、声にもまだ怒気がある。

「おやじの誕生日に兄貴は何をした。おれが知らんと思うか。七十五セントを――いや、五十セントでもいい――使ったかよ？　たしか、林から野良犬の子を拾ってきたんだよな？　ばかみたいに笑って、これ、いい猟犬になりますよ、だと。そんな犬っころを、おやじは部屋で寝かせてる。本を読みながらあやしてる。ちゃんと躾《しつけ》にも出した。なのにおれのナイフはどうなんだ。ありがとうよ……それだけだぞ。ありがとうよ……」声がささやきに変わり、チャールズの肩が前に沈んだ。

アダムは必死の思いで一歩飛びすさり、両手をあげて顔をかばった。だが、弟は正確に動いた。左右の足でしっかり地面を踏みしめ、一方の拳を柔らかく突き出して距離を計ると、次の瞬間、刺すような氷の一撃を繰り出した。したたかに腹に入り、アダムの両手が下がった。がら空《あ》きになった頭に、今度はつづけざまに四発が来た。アダムの鼻の骨が砕けた。再び両手で顔を覆うと、次の攻撃は心臓を狙った。アダムは、殴られながら弟を見やった。絶望と困惑の表情を浮かべた死刑囚が、処刑人を見やるのに似ていた。

　突然、アダムも腕を振り回した。自分でも思いがけない行動だったろう。頭の上から大きく振り下ろしたが、力もなく、方向も定まらないへろへろパンチ。体を沈めたチャールズにかわされ、無力な腕はそのまま弟の首に巻きついた。ついでに両腕で弟に抱きついた。泣きながらしがみつき、四角い拳骨《げんこつ》で胃の腑に吐き気が叩き込まれるのを感じながら、それでも腕を放さなかった。時間の流れが遅くなった。弟が横に動いた。体をねじり、アダムの両脚を強引に開かせると、そこに膝を跳ね上げた。その膝はアダムの膝を通りこし、腿の内側をこすりながらさらに上がって、睾丸《こうがん》に激突した。痛みが白い閃光《せんこう》になってアダムの体を貫き、こだまのように何度も行き来した。腕の力が抜けた。前屈みになって吐くアダムに、冷酷な攻撃がつづいた。

　こめかみに、頬に、目に、パンチが降った。唇が歯でずたずたに裂けた。皮膚は、重いゴムでもかぶせられたように厚く、鈍い。僕の脚はどうして立っているのだろう、とアダムはぼんやりした頭で思った。なぜ倒れないのだろう。どうしていつまでも気を失わないでいられるのだろう……。パンチは永遠に降りつづき、弟の喘《あえ》ぐような息遣いが聞こえた。短く、破裂するような呼吸音。大ハンマーを打ち振る人の息みたいだ、とアダムは思った。眼から流れ出る血が涙で薄められ、それを通して、星明かりの不気味な闇の中に立つ弟が見えた。あっけらかんとして、何も読み取らせない目。濡れた唇に浮かんだ薄笑い。それが見えた瞬間、光が閃《ひらめ》いて、暗黒が訪れた。

チャールズは倒れた兄のわきに立ち、疲労困憊した犬のように空気をむさぼった。やがて兄に背を向け、痛む拳を揉みながら、足早に家のほうへ戻っていった。

アダムははっと意識を取り戻した。まずよみがえったのは恐怖。痛みが霧のように意識を包み、その中で心がのたうっていた。体は重く、ここにもあそこにも痛みがあった。だが、そんな痛みをアダムはたちまち忘れた。道をこちらへ急ぐ足音がある。本能的な恐れと鼠の猛々しさに突き動かされ、アダムは必死で体を押し上げると、四つん這いになって、道路わきの排水溝まで移動した。溝には一フィートばかりの水があり、両側に草が高い。水音一つ立ててはいけない……そう自分に言い聞かせながら、そっと水の中に滑り込んだ。

足音は近づいてきて、速度を緩め、少し先まで行ってから、引き返してきた。アダムの隠れている場所からは、闇の中に黒い塊だけが見えた。突然、硫黄《いおう》マッチがこすられ、小さな青い炎が現れた。それはやがて軸木に燃え移り、弟の顔を下からグロテスクに照らし出した。弟はマッチを持ち上げ、辺りを見回していた。右手に手斧を握っているのが見えた。

マッチが消え、夜は前より暗くなった。チャールズはゆっくりと移動し、マッチをもう一本すった。さらに移動して、また一本。そうやってしばらく道に手がかりを探していたが、やがて諦めた。右手が上がり、野原の遠くに手斧を投げとばした。そして、点々と見える村の灯の方向へ足早に歩いていった。

アダムは、ひんやりした水に長い間浸かっていた。弟はどんな気持ちでいるのだろう、と思った。激情が冷めかけているいま、感じているのはパニックか、悲しみか、良心の呵責《かしやく》か。それとも、何も感じていないのか。思いながら、弟に代わってその一つ一つを感じてやった。アダムの良心が弟との間に懸橋《かけはし》を渡し、いつも宿題を代筆してやっているように、弟の悲痛を代わりに感じてやっていた。

水から這い出して、立ち上がった。傷ついた箇所がこわばりはじめ、顔の血は乾いて塊になっていた。父とアリスが寝てしまうまで、このまま暗い外にいようか、とも思った。何かを尋ねられても、答えられそうにない。何を答えてよいかわからないし、答えをひねり出す作業は、ぼろぼろになった心には辛い。額の前辺りに青い光がちかちかし、目がぐるぐると回る感じがした。ああ、もうすぐ気を失うんだ、と思った。

脚をがにまたに開き、のろのろと道を歩いた。ポーチへ上がる階段の下で立ち止まり、家の中を覗き込むと、天井から鎖で吊り下げられたランプが黄色い光の輪を投げ、アリスとテーブルの縫物籠《ぬいものかご》を照らしていた。テーブルの向かい側では、父が木のペンを嚙んでは、蓋をとったインク壺に浸け、黒い帳簿に何かを書き込んでいた。

アリスがふと顔を上げ、アダムの血まみれの顔を見た。片手が口まで上がり、何本かの指が中に入って、鉤《かぎ》のように下の前歯をつかんだ。

アダムは足を引きずりながら一段のぼった。もう一段。そして、戸口の柱で体を支えた。

サイラスが頭を上げ、はて、何だろうという顔つきで見た。戸口に立つ異形《いぎょう》のものの正体がわかるまでに、かなりの時間がかかった。眉を寄せ、いぶかりながら立ち上がると、木のペンをインク壺に突っ込み、指をズボンで拭った。「理由は何だ」と尋ねた。口調は柔らかかった。

アダムは答えようとしたが、口に血がこびりつき、固まっていた。唇をなめると、血がまた流れ出した。「わかりません」と言った。

サイラスはぎくしゃくと歩いてきて、アダムの腕をぐいとつかんだ。その激しさにアダムはひるみ、腕を引き抜こうとした。「おれに嘘をつくな。あいつはなぜこんなことをした。喧嘩か」

「いえ」

サイラスはさらに腕に力を込めた。「言え。わしは知りたい。言わんか。言わせずにはおかんぞ。嫌でもだ。くそっ、おまえはいつもあいつをかばう。わしにわからんと思うか。この目はごまかされん。さあ、言え。言わなきゃ、夜通しそこに立たせておくぞ」

アダムは必死で答えを探した。「父さんに……かわいがられていないと思ってるんです」

サイラスはアダムの腕を放し、椅子に戻って腰を下ろした。しばらくインク壺のペンを指でいじりながら、ぼんやりと帳簿をながめていた。やがて「アリス」と呼んだ。「アダムを寝かせてやれ。たぶん、シャツは切らねば脱げまい。手を貸してやってくれ」そして、また立ち上がると、部屋の隅へ行き、並んだ釘にぶら下がる数枚のコートの後ろを手で探って、ショットガンを取り出した。銃身を折って、弾が込めてあるのを確かめ、コツコツと義足を響かせて戸口から出て行った。

アリスは手を上げ、空気のロープで夫を引き戻すような動作をした。だが、ロープは切れ、アリスの顔から表情が消えた。「じゃ、部屋へ行ってなさい」とアダムに言った。「洗面器にお湯を入れて持ってくから」

アダムは、シーツを腰まで引き上げた姿でベッドに寝ていた。アリスはリンネルのハンカチを湯に浸し、軽く叩くように傷口を洗った。長いあいだ何も言わずに手当てをしていたが、不意に、先ほどのアダムの言葉を、いま話されたことのように引き継いだ。「父さんにかわいがられていないと思ってる……。でも、アダム、あんたはかわいがってくれるわね。昔からかわいがってくれたもの」

　アダムは何も答えなかった。

　アリスは穏やかに言葉をつづけた。「あれは変わった子よ。よく知らないとわからない子。外見は荒っぽいし、怒ってばかりだし……よく知るまではね」咳が込み上げて、言葉を切り、背中を丸くして咳き込んだ。やがて発作が治まったとき、頰が上気し、アリスは疲れ切っていた。「そう、よく知らないとわからない子」と繰り返した。「ずっと前からね、ちっちゃな贈り物をくれるの。あの子がこんなものを、と思うようなきれいなもの。でもね、わたしに直接くれるんじゃない。いつも隠しておくのよ。必ずわたしの目に触れるどこかへ。でも、そのあと何時間見ていても、自分が隠したなんて素振りも見せやしない。よく知らないとわからない子……」

　アリスににこりと笑いかけられ、アダムは目を閉じた。

第四章

1

チャールズは旅籠屋の酒場にいた。この田舎で夜を明かすはめになった行商人連中とバーに陣取り、交わされる冗談を聞きながら楽しそうに笑っていた。もっと話を聞きたくて、タバコ入れを引っ張り出し、ちゃりんとかすかな音をたてた銀貨をつまみ出すと、男たちに酒を振る舞うことまでした。そして、わきに立ち、にこにこしながら、傷だらけの拳をさすっていた。行商人はチャールズの振る舞い酒に感謝し、みなで「君の健康に」とグラスをあげた。チャールズは有頂天になった。新しい友人たちにさらに一杯ずつおごり、いっしょに次のばか騒ぎの場所へ繰り出していった。

闇の中に飛び出したとき、サイラスはチャールズへの絶望的な怒りでいっぱいになっていた。路上に息子の姿を探し、旅籠屋にも行った。すでにどこかへ消えたあとだったが、もし見つけていたら、あの夜、サイラスは息子を殺していたかもしれない。少なくとも、殺そうとはしていただろう。大事件は歴史の方向をねじ曲げるという。だが、もしかしたらすべての出来事が——たとえば、道で小石をまたいだとか、きれいな娘を見て息を呑んだとか、庭いじりで爪に傷がついたとか、そんな小さなことも——それぞれの程度に応じて歴史を左右するのかもしれない。

父親がショットガン片手に息子を探しているという話は、当然、すぐに当人の耳にも入った。だから、チャールズは姿を隠した。そして二週間して家に戻った。その頃には、父親の憤怒《ふんぬ》と殺意も普通の怒りにまで鎮まっていて、チャールズはいつも以上に仕事に精を出し、悔悟《かいご》を演技することで罪をつぐなった。

アダムは四日間寝込んだ。体は硬直して痛み、ちょっとした動きにもうめき声が出た。三日目に、父親が軍隊への影響力のほどを行使してみせた。それは自分自身のプライドを回復するための療法であり、アダムへの褒美の意味合いもあった。青い礼装軍服を着た騎兵隊大尉と二人の軍曹がトラスク家に現れ、家の中へ、アダムの寝室へ入ってきた。前庭には二人の兵卒が立ち、馬の手綱をとっていた。アダムはベッドに寝たままの姿勢で、陸軍騎兵隊の一兵卒として正式に入隊した。父親とアリスが見守る前で軍法に署名し、宣誓をした。父親の目が涙で光っていた。

兵隊が立ち去ってから、父親は長いあいだアダムの枕元にすわっていた。「騎兵隊にしたのにはわけがある」と言った。「兵舎暮らしは、あまり長いと感心せん。騎兵隊なら仕事がある。わしが念を入れて確かめた。インディアンの土地へ行くことになるだろう。お前もきっと気に入るぞ。近々、討伐作戦がある。なぜ知っているかは明かせんが、遠からず戦《いくさ》がある」

「はい、父さん」と、アダムは答えた。

2

軍隊生活を強いられるのがたいていアダムのような男たちであることが、私には不思議でならない。アダムは最初から戦うのが嫌いだった。訓練を積み重ねて戦いに目覚める男もいるようだが、アダムの場合は、暴力への嫌悪感を募らせることにしかならなかった。懲罰問題にはならないまでも、仮病を疑われ、上官に監視されたこともある。五年間の軍隊生活で、騎兵大隊中、アダムほど多くの特別任務に従事した兵士はいないが、その特別任務でアダムが一人でも敵を殺したとすれば、それは跳弾《ちょうだん》の気まぐれのせいだったろう。狙撃の上手は、当然、狙いを外すこともうまい。

当時、インディアンとの戦いは、多少の危険はあっても、牛の追い立てとさほど変わらない作業になっていた。インディアンは反乱を起こすよう仕向けられ、狩り立てられ、殺された。生き残った者は、悲しみと恨みを抱いて不毛の土地に囲い込まれた。ひどいやり方だが、それがこの国の発展の仕方であってみれば、やらねばならないことでもあった。だが、その発展の道具として使われたアダムの目には、将来できるはずの農場など見えはしない。直前まで五体満足だった人間の引き裂かれた腹だけが見えた。胸が悪くなるばかりで、こんなことは無益、と思った。最初から的を外そうとしてカービン銃を撃つなど、部隊への反逆にほかならないが、アダムはかまわなかった。非暴力の思いだけが強まり、それは一つの偏見にまで凝り固まって、あらゆる偏見同様、思考の自由を奪った。目的が何であれ、相手が誰であれ、危害を加えることは禁忌《きんき》。非暴力はアダムの強迫観念になった。暴力についてあれこれ考えることまで排除してしまうのだから、もうそう呼ぶしかないだろう。

決して臆病というのではない。アダムの軍歴には臆病をほのめかす記述は一つもなく、逆に勇敢な行動を三度も賞賛されて、勲章までもらっている。というのも、暴力への嫌悪感が強まるにつれ、アダムの内には逆の衝動も生まれていたからだ。負傷した兵隊を命がけで連れ戻しに行ったことが何度もあったし、正規の任務で疲れ切っていても、野戦病院での奉仕活動に志願した。戦友たちがアダムに向ける視線には軽蔑の籠もった愛情があり、理解できない衝動を持つ人への無言の恐れが混じっていた。

チャールズは、兄に宛てて規則的に手紙を書いた。農場と村のこと、病気の牛と子を産んだ馬のこと、新しく買い足した牧草地と落雷にやられた納屋のこと、アリスの結核が悪化して、喉を詰まらせて死んだこと、父親がワシントンの陸海軍人会で有給の幹部職についたこと……。チャールズはいくらでも書いた。口下手の人にはそういう傾向がある。寂しさを書き、悩みを書いた。自分でも知らなかった自分自身のことを、あれもこれも紙に書き記した。

だから、家を離れて軍隊にいる間、入隊以前や除隊後とは比べものにならないほど、アダムには弟のことがよくわかった。手紙のやり取りのなかで、二人の間には、どちらも思いもしなかったほどの親密感が育っていった。

弟から来た手紙のなかで一通だけ、アダムが捨てずにとっておいたものがある。よく理解できないところがあるというより、何かつかめない、隠れた意味があるような気がした。「アダム兄貴」で始まるその手紙は、「ペンを手に、兄貴の健康を祈っているよ」とつづく。チャールズはいつもこんなふうに切り出して、徐々に書く気持ちを高めていく。「この前の手紙の返事をまだもらってないが、きっと何かと忙しいんだろうな、へへ。変な雨が降って、林檎の花が台無しだ。冬に食う分があまり残りそうにない。ま、できるだけ多くとっておくとしよう。今夜は家を掃除した。まだ濡れて石鹸くさいが、その割りにちっともきれいになった気がしない。おふくろが生きていた頃の家はきれいだった。どうやったんだろうな。あれと同じ家にはとても見えない。何だかわからんが、何かが積もって、いくらこすってもとれない。でもまあ、汚れの厚みにでこぼこはなくなったかな、へへ。

おやじは、今度の旅行のことを何か言ってきたか？　はるばるカリフォルニア州のサンフランシスコまで、軍人会の野営大会に行ったぜ。戦争省の長官も来ることになってて、おやじが長官を紹介するんだと。おやじにはどうってことじゃない。大統領にだって三、四度は会ってるし、ホワイトハウスの晩餐会にも呼ばれたんだから。おれもホワイトハウスを見たいな。兄貴が帰ってきたら、いっしょに行かないか。二、三日なら、おやじが泊めてくれるだろう。兄貴の顔をぜひ見たいだろうしな。

おれは女房でも探したほうがいいかな。ここはいい農場だ。おれ自身はお買い得でなくても、この農場付きなら、と思う女がきっといるはずだ。兄貴はそう思わんか？除隊後どうするか、まだ聞いてなかったな。ここに帰って腰を落ち着けるってのはどうだ。ぜひ。兄貴がいないと寂しいぜ」

そこで文章がいったん切れた。便箋《びんせん》にペン跡とインクの染みがあり、その後は鉛筆で文章がつづいたが、調子が違っていた。鉛筆で「数時間後」とあった。「ここでペンが駄目になった。ペン先の片方が折れちまった。中までぼろぼろに錆びてた。村で新しいペン先を買って来なくちゃならん」

言葉がしだいに滑らかに流れはじめていた。「鉛筆なんかで書かず、新しいペン先を手に入れるまで待つべきだったかもな。ただ、この台所で、ランプをつけたまますわっていたらさ、あれこれ考え始めたらしくて、けっこう時間がたったみたいだ。十二時過ぎてるんじゃないか。見てないからわからんが。外の鶏小屋でオールドブラックジョーが鳴いたと思ったら、おふくろの揺り椅子がさ……こう、おふくろがすわってるみたいに、きしんでさ……いや、そんなことを気にかけるおれじゃないが、なんだか昔のことをあれこれ考えちまった。そういうことって、あるだろ？　この手紙は破ろうかな。こんなこと書いたって仕方がないものな」

この辺から、書くのが追いつかないほどの勢いで言葉があふれ出したようだ。「どうせ破り捨てるんなら、書くだけ書いてみるか」と手紙はつづいた。「家全体が息をしてて、あっちにもこっちにも目があるみたいなんだ。ほら、戸の後ろに誰かがいて、こっちが目をそらした瞬間、ちょろっと入ってくる感じ。体中がもぞもぞするぜ。おれが言いたいのはさ、おれが言いたいのは……つまり、その、なぜだ、ってことだ。おやじはなぜあんなことをした。なあ、誕生日におれが買ってやったナイフ。おやじはどこが気に入らなかったんだろう。なぜだ。いいナイフだったし、おやじにはいいナイフが必要だった。おやじがあれを使ってくれてたら、研いでくれてたら、いや、ポケットから出してながめてくれてたら……。それだけでいいんだ。おやじが気に入ってくれてたら、おれは兄貴に向かっていかなかったと思う。だが、おれは兄貴を追っていって、叩きのめした。おや、おふくろの椅子がちょっと揺れたみたいだ……光の加減だろうな。別に気にならん。何だか、まだやり残しがあるみたいな気がする。何かを半分終えたのに、何をやってたんだったか忘れちまったみたいな……。何かやり終えてないことがある。こんなとこにいちゃいけないんだ。こんないい農場にいて、女房を探してちゃいけない。世界をうろついているべきなんだ。どこか間違ってる。何かやり残しがある。あんまり早く起こりすぎて、何かが抜け落ちた。おれが兄貴のところにいて、兄貴がここにいるのが本当だ。こんなふうに考えたこと、いままでになかったな……。もう遅いせいかな。いや、遅いなんてもんじゃない。いま外を見たら、もう夜明けだぜ。うたた寝してたとも思えんが、なぜこんなに早く夜が明けるんだ。いまさらベッドへは入れん。どうせ眠れないだろうし」

手紙には署名がなかった。たぶん、破り捨てるつもりだったのを忘れて、送ってしまったのだろう。アダムはその手紙をしばらくとっておいた。読み返すたびにぞっとするものを感じたが、なぜかはわからなかった。

第五章

1

　農場では、ハミルトン家の子供たちが育ちはじめていた。毎年一つずつ新しい顔が増えた。まず、ジョージ。背が高くて、ハンサム。物静かで、愛らしい。ジョージには生まれながらの品のよさがあった。幼い頃から行儀がよく、いわゆる「手のかからない子」だった。父親からこざっぱりした着こなし、見映えのよい体つきと頭髪をもらい、ひどい服を着ているときでさえ、不恰好に見えることがなかった。罪を知らない少年は、そのまま罪を知らない大人に育った。およそ作為の罪など犯したためしがなく、仮に不作為の罪があったとしても、ほんの微罪だったろう。中年になった頃、医学上の新知識が広まり、悪性の貧血であることがわかった。ジョージの美徳は、あるいは活力不足の裏返しだったのかもしれない。

ジョージの次はウィル。こちらはずんぐりして、どちらかというと口数が少ない。想像力というものを欠いていたが、その代わり地に足がついていて、大したエネルギーの持ち主だった。小さい頃から、やることさえ与えられれば熱心に取り組み、いったん始めると疲れることを知らなかった。政治的にはもちろん、あらゆることに保守的で、新しい思想をすべて革命的と見なし、疑わしそうに、汚らわしそうに、これを避けた。ウィルは、誰にも後ろ指をさされない生き方を好み、そのためにはできるだけ他人と同じ生活をするように努力した。

変化や違いを嫌うウィルの性格には、父親の存在が影響していたと思う。ウィルが育ち盛りの少年だった頃、父親はサリーナス盆地に来て日が浅く、いわゆる「古顔」ではなかった。古顔どころか、まだ外国人で、それも当時のアメリカでは嫌われ者のアイルランド人だった。アイルランド人を侮蔑《ぶべつ》する風潮は東海岸で強かったが、ある程度は西部にも浸透していたに違いない。アイルランド生まれであることに加え、サミュエルは人間としての中身も変わっていた。着想の人であり、革新の人だった。世界から切り離された田舎では、そんな男はいつも疑いの目で見られる。疑いを解消するには、危険でないことを周囲に証明しなければならないが、サミュエルは目立ちすぎた。そして、目立つことは、いつの世でも面倒の種になりうるし、なってきた。たとえば、亭主の凡庸《ぼんよう》さに飽き飽きしている女房の目に、サミュエルはあまりにも魅力的に映らなかったろうか。

教養があり、読書好きだという問題もあった。サミュエルが買ったり借りたりする本、衣食住とはあまり縁のない事柄についての造詣《ぞうけい》、詩歌《しいか》への関心、よい文章への傾倒……。サミュエルがソーンやデルマーのような金持ちで、大きな家と広い平らな土地を持っていたら、きっと立派な図書室を構えていただろう。現にデルマー家には図書室があった。樫の鏡板を張りながら本しか置いていないその部屋へ、サミュエルは足しげく通って、蔵書を借り出していた。デルマー家の人々よりずっと多くの本を読んでいた。

当時、教育があることは、金持ちなら許された。息子を大学にやっても、金持ちならあれこれ言われない。平日の昼間から白いシャツにネクタイとチョッキでいてもいいし、爪をきれいに手入れし、手袋をしていてもよかった。金持ちの暮らしや行いは、もともと秘密に満ち、何をして何をしないかなど周囲にはうかがい知れない。だが、貧乏人となると話が違う。詩？　絵画？　音楽？　踊り？　貧乏人がそんなものをどうする。作物を取り入れ、子供の背中にぼろ一枚まとわせるのに、それがどう役に立つ。いくら言われてもやめないのは、きっと、何か明るみに出せない理由があるに違いない。たとえば、サミュエルだ。あいつは鉄や木で何かを作るとき、下絵を描く。これはいい。わけもわかるし、おれだってそうできたらいいと思う。だが、あいつは下絵の紙の端にほかのものも描くぞ。木のこともあるし、人の顔や動物、昆虫のこともある。ときには、何がなんだかわからん姿形を描いたりもする……。

人々はそれを見て、困ったような表情を浮かべ、不安そうに笑った。サミュエルが何を考え、言い、やるか、事前には見当もつかない。あいつからは、何が飛び出すかわかったもんじゃない……。

だから、サリーナス盆地に来た直後の数年間、サミュエルは漠然とした不信の目で見られていた。幼いウィルの耳にも、きっとサンルーカスの店で人々の交わす会話が聞こえていただろう。幼い子は、父親がほかの大人と同じであってほしいと思う。そこに、ウィルの保守主義の原点があるのかもしれない。ウィル以後の子は事情が異なる。生まれ、育ちはじめる頃、サミュエルはすっかり盆地に溶け込み、ある意味――孔雀《くじやく》の飼い主が得意がるように――盆地の誇りにもなっていた。おれの女房を誘惑し、この気楽な平々凡々から連れ出そうなどとはしないようだ。なら、恐れる理由はない……。だが、サリーナス盆地がサミュエルに好意を持つようになったとき、ウィルの性格形成はもう終わっていた。

世の中には、何をしたわけでもないのに神々に愛される人間がいる。何の思惑もなく、努力もしないのに、向こうから幸運が転がり込んでくる。ウィル・ハミルトンもそういう一人だった。そして、手にする幸運は、現実家のウィル自身にも十分に価値のわかるものだった。それは、まだ少年だった頃に始まる。父親が何をしても儲からないのと反対に、ウィルは何をしても儲けずにいられなかった。鶏を飼い、その鶏が卵を産みはじめると、卵の値段が高騰した。青年になると、小さな店を経営している二人の友人が相談にきた。破産寸前で、気がどうかなりそうだ。この四半期を乗り切るために、少し金を貸してくれないか……。そして、ほんのわずかばかりの出資を仰ぐのに、店の権利の三分の一を譲ると申し出た。ウィルはけちではないから、頼まれたとおりの金額を出した。その店は次の一年でしっかり立ち直り、二年で店舗を拡張し、三年で支店を開き、いまではその末裔《まつえい》が一大商業組織としてこの地方に広く勢力を伸ばしている。

自転車屋をかたに、金を貸したこともある。金は返ってこなかったが、盆地の何人かの金持ちが自動車を購入し、その修理をウィルの自転車屋の職人に頼むようになった。さらに、真鍮《しんちゅう》と鋳鉄《ちゅうてつ》とゴムで夢を紡《つむ》ぐ詩人が現れ、有無を言わせぬ調子でウィルに計画への参加を求めてきた。詩人の名はヘンリー・フォード。その計画は、違法すれすれの滅茶苦茶なものだったが、ウィルは勢いに押され、しぶしぶ盆地の南半分を自分の独占販売地域として引き受けた。それから十五年後、盆地は二列縦隊のフォード車で埋まり、ウィルは高級車マーモンを乗り回す金持ちになっていた。

三男のトムは、いちばんの父親似だった。激情型に生まれ、稲妻のように生きた。真一文字にこの世に飛び出してくると、大歓喜と大熱狂の人に育った。トムは、すでに住人のいる既存の世界に生まれてきたのではない。世界も住人もすべて自分で創造した。父親の本を読むときは、自分が最初の登場人物になった。その住む世界は、天地創造から六日目のエデンの園。光り輝く処女地に広がる幸せの牧草地を、トムの心は子馬のように飛びはねた。やがて世間がそこにフェンスを巡らしはじめると針金に体当たりし、いよいよ囲いが完成すると、それに突進して突き破った。だが、喜びが巨大なだけに悲しみも巨大であり、飼っていた犬が死ぬだけで、トムの世界は壊滅した。

トムには父親並みの発明の才能があった。いや、父親があえて手を出さなかったことにも挑戦する、いっそうの大胆さがあった。それは、父親と違って人並みはずれた肉欲の持ち主だったからかもしれない。それが拍車となってトムを駆り立てたのだろう。生涯独身で通したのも、きっと、その激しい性的欲求のせいだったと思う。きわめて道徳心の強い家庭に生まれたトムには、見る夢、抱く願い、そのはけ口が、ことごとくこの家にふさわしくないと感じられた。だから、ときに泣きながら山に逃げ込んだりもした。野性と穏やかさの共存――それがトムだった。身を圧倒する衝動を振り切るためには、人間とも思えないほど猛烈に働いた。

アイルランド人は、確かにどうしようもなく陽気だ。だが、その肩には不機嫌で気《き》鬱《うつ》の幽霊がとまり、いつも頭の中を覗き込んでもいる。あまり大声で笑い転げると、開いた大口から喉に向かって幽霊の長い指が突っ込まれる。アイルランド人が他人から責められる前に自分を責め、いつもおどおどしているのは、そのせいだ。

九つのとき、トムはかわいい妹のモリーに言語障害があるのを心配した。口を大きく開けさせて、舌下の膜に原因があることを見てとった。「これなら治せる」そう言うと、妹を家から離れた秘密の場所へ連れていき、ポケットナイフを石で研いで、しゃべるのに邪魔なその膜を断ち切った。そして、その場から走り去って、吐いた。

ハミルトン家は、家族の増員に合わせて増築を重ねていった。もともと完成形はなく、必要に応じていくつでも下屋《したや》を継ぎ足せる構造になっていた。最初の部屋と台所は、やがて下屋の迷路の中に埋没していった。

家の形が変わっても、ハミルトン家の貧乏は相変わらずだった。原因は、サミュエルの特許病にある。多くの男のかかる病気だが、サミュエルのは悪性だった。あるとき、脱穀機の部品を発明した。従来の部品より優秀で、効率がよく、安く作れた。だが、この部品で得たその年の収入は、弁理士への支払いに消えた。サミュエルが部品のモデルをメーカーに送ると、メーカーはすぐに図面を突き返してよこしながら、サミュエルの方式を盗用した。それからの数年は訴訟に明け暮れた。金は裁判費用に垂れ流され、最終的に敗訴してようやく止まった。金と争うには金がいる――その真実を痛切に思い知った瞬間だった。だが、サミュエルの特許熱はすでに手遅れ状態で、その後も毎年毎年、脱穀や鍛冶で得た金が特許に消えていった。歯車と、その平面図や立面図の真新しい青写真を作るため、ハミルトン家の子供たちは裸足《はだし》で歩き回り、つぎはぎだらけの服を着、ときには食べるものを我慢した。

人間には、身の丈以上の考え方をする人と身の丈以下の考え方しかできない人がいる。ハミルトン家で言えば、サミュエル自身とトムとジョーが前者、ジョージとウィルが後者だろう。ジョーは四男。ぼんやりした夢見がちな少年で、家族全員にかわいがられ、保護された。頼りなげな微笑みを特技とし、それが最高の仕事よけになることを早いうちに発見した。兄たちはそろいもそろって我慢強い働き者だから、ジョーに仕事をさせるより、自分でやってしまったほうが楽だ。何一つ満足にできないジョー。父母はそんな息子を詩人だと見なし、繰り返し口にしたから、ジョー自身もその気になって、やけに滑りのいい韻文を書いてみせた。ジョーは肉体的にものぐさで、たぶん精神的にもものぐさだったのだろう。白昼夢《はくちゅうむ》を見ながら一生を過ごした。母親は、いかにも無力だからという理由でジョーを他の誰よりかわいがったが、実際は無力どころではなかったはずだ。最小限の努力で何でも思いどおりにできる男を、どうして無力と呼べるだろうか。ともあれ、ジョーは家族全員に愛された。

中世なら、剣や槍に不器用な青年は教会を目指した。農場でも鍛冶場でもまともな働きができないジョーを、ハミルトン家では高等教育へ向かわせることにした。ジョーは病弱ではなかったが、ものをちゃんと持ち上げるだけの力がなかった。乗馬も下手だし、何よりも馬を嫌った。ジョーが畑を耕す練習をしたときのことは、家族全員の笑い話となり、愛情を込めて繰り返し語られた。悪戦苦闘の末に盛り上げた最初の畝《うね》は、平地を流れる川のように蛇行《だこう》し、二番目の畝は最初の畝と一度接触すると、たちまちそれを横断して、あさっての方向に伸びていった。

ジョーの姿は、しだいに農場のどこにも現れなくなった。あの子は、心ここにあらずだから……と、母親は何か特別な美徳ででもあるかのように言った。

ジョーには何をやらせてもだめとわかったとき、父親は藁をもつかむ思いで羊の番をさせてみた。羊は六十頭もいるが、ただ見ていればいい。特別の技術はいらず、これほどやさしい仕事はない。だが、ジョーはその羊を迷子にした。姿を見失い、涸れた谷川の日陰でひとかたまりになっている六十頭を、どうしても見つけられなかった。家に伝わる話だと、サミュエルは家族全員を――男も女も――呼び集め、自分が死んだあとはみなでジョーの面倒をみるよう約束させたという。面倒をみてやらないと、ジョーは餓死するにきまっているから、と。

ハミルトン家では、四人の息子の合間に、娘も五人生まれていた。長女はユナ。黒い髪の、思慮深くて真面目な娘だった。次がリジーだが、母親と同じエリザベスという名前をもらっているところを見ると、実はこちらが長女だったのかもしれない。リジーのことはよくわからない。若いうちに何か家のことを恥じ、早々に結婚して家を離れると、あとは葬式にしか姿を見せなかった。ハミルトン家の人間には珍しく、憎しみや恨みに支配される女で、一人息子が成長して結婚相手を見つけたとき、その嫁が気に入らないからと、何年も息子と口をきかなかった。

そして、デシー。いつも笑い声の絶えない娘で、そばにいるだけで楽しい気分になった。ほかの誰よりも、周囲を和《なご》ませる力があった。

その次の娘がオリーブで、これが私の母。そして、最後がモリー。愛らしい金髪と深い青色の目をした小柄な美人だった。

以上がハミルトン家の子供たち九人。すべてライザから生まれた。あの痩せて小さな女が、どうやって毎年毎年子を産み、育て、パンを焼き、着物をつくり、そのうえ行儀作法や堅固な道徳心までも身につけさせたのか。まるで奇蹟のように思える。

ライザの影響が子供たちに強く刻印されていることは驚くばかりだ。ライザ自身は世の中を知らず、教育もなく、旅をしたことも——アイルランドからの生涯一度の長旅を除けば——ない。夫以外に男というものを知らず、その夫との生活も、退屈な、ときに痛みをともなう義務以上のものではなかった。人生の大部分を出産と育児に費やし、知的な関心を向けるものといえば聖書があるのみだった。夫や子供たちのおしゃべりも耳には入ったろうが、その内容に興味を持つことはなかった。ライザは聖書というただ一冊の本からすべての歴史と詩を学び、人と物の道理を知り、倫理と道徳を教えられ、救済を得た。ライザにとって、聖書は研究したり掘り下げたりするものではなく、書かれてあることを書かれてあるままに読んだ。聖書にいくら多くの自己矛盾が含まれていても、そんなことは気にならない。最後には聖書を隅から隅まで知りつくし、夫や子供たちが何を言っていても、耳から遮断して読みつづけられるまでになった。

ライザは誰からも尊敬された。善良な女であり、善良な子を育て、どこにも恥じるところがない。夫からも子からも孫からも尊敬されている。そんなライザには釘《くぎ》のような固い強さがあった。妥協を知らない。過ちの渦に囲まれていても、自分だけは正しさを失わない。その姿勢は周囲に一種畏敬の念を抱かせはしたが、暖かな眼差しを向けられる対象ではなかった。

アルコール類を嫌い、これを断固退けた。どんな形であれアルコールを飲むということは、神の怒りを呼ぶ罪悪に見えた。そして、自分で触れようとしなかったばかりでなく、他人がそれを楽しむことにも反対した。結果的に夫サミュエルや子供たちが大いに渇き、酒を愛するようになったのは、当然の成り行きと言えるだろう。

一度、サミュエルが具合を悪くして、「ライザ、一杯だけだめか？」と懇願《こんがん》したことがある。「ウイスキー一杯でずいぶん楽になるんだが……」

ライザは小さな固い顎をぐいと引き、「あなた」とたしなめた。「まさか、酒臭い息をして主の御前に出るおつもり？」

サミュエルはごろりと横を向き、軽減されない痛みと戦いつづけた。

七十歳になった頃、排泄機能の弱ったライザに医者がポートワインを勧めた。薬だと思って大匙《おおさじ》に一杯、と。ライザは顔をしかめながら最初の一杯を無理やり飲み下したが、案外悪くなかったようだ。それ以後、ライザの息からアルコール臭が完全に抜けることはなかった。飲むのはいつもワインを大匙一杯。常に薬として飲んだが、しだいに回数が増え、やがて一日に一クォート以上もやるようになった。そして、以前よりずっと肩の力の抜けた幸せな女になった。

サミュエルとライザの子供たちは無事に育ち、世紀の変わり目には、自立した大人への道を順調に歩んでいた。キングシティの東、ハミルトン農場で成長する子供たち。どの子も、ここで生まれたアメリカの息子、アメリカの娘だ。サミュエル自身、二度とアイルランドに戻ることはなく、徐々にあの国のことを忘れた。忙しい男に郷愁など無縁のこと。いまやサリーナス盆地がサミュエルの全世界であり、六十マイル北、盆地入口にあるサリーナスの町まで出かけることさえも、年に幾度とない大行事となった。農場の仕事は際限がない。大家族の面倒をみ、食べさせ、着せることにも際限がない。サミュエルの時間の大半はそのことに費やされたが、もちろん、全部ではない。サミュエルはエネルギーの塊のような男だったから。

娘のユナは物思いにふける学生になった。生真面目で、暗い。だが、この娘の何事にもとらわれない探究する心が、サミュエルには自慢だった。オリーブはサリーナスの中学校で学んだあと、郡の教員試験を受ける準備をしていた。教師になることは、アイルランドで一家から司祭が出るのにも似て、家の名誉だった。何一つうまくできないジョーは大学へ行くことになり、ウィルは意図しない資産家への道の半ばにあった。トムは、世間が巡らした囲いとの衝突を繰り返し、打ち身や切り傷が絶えなかった。デシーは婦人服の仕立てを習い、モリーは……美人のモリーなら、どこかの金持ちの奥方に収まること間違いなかった。

遺産相続は、問題になりようがなかった。丘の農場は面積こそ広いが、どうしようもなく貧しい。いくつ井戸を掘っても、この土地からは水が出ない。水さえあれば万事は違い、ハミルトン家も裕福と言われるまでになったかもしれない。だが、現在の水源はただ一つ。家の近くの地中深くにパイプを打ち込み、ポンプでわずかな水を汲み上げていた。貧弱な水源は、ときに危険なほど水位が下がり、涸れたことも二度ある。家畜は牧場の隅々《すみずみ》からここまで水を飲みにきて、食べるものを探しにまた散っていった。

とはいえ、揺るぎなく大地に根を下ろした家族だった。サリーナス盆地で見事に踏ん張り、強く生き抜こうとしていた。多くの他家と比べて裕福ではなかったが、格段に貧しいわけでもない。保守的な者、急進的な者、夢想家、現実家……よくバランスのとれた一家だったと言うべきだろう。サミュエルは、己の身から出た子らを満足そうにながめていた。

第六章

1

アダムが入隊し、サイラスがワシントンに移ったあと、農場にはチャールズが一人残された。女房を見つけると公言していて、普通ならどこかの娘と出会い、ダンスに誘い、身持ちの良さ悪さを試してみて、最後にそっと結婚に滑り込むところだが、どうも、そのつもりはなさそうだった。実を言うと、チャールズは女に臆病だった。若い女の前に出ると、どうしようもなく気後れがした。だから、その種の男たちの例に漏れず、売春という匿名の世界で欲望を満たしていた。臆病な男は、売春婦に大きな安心を感じる。金を前払いした時点で女は商品になる。買った品物相手なら、いくらでも陽気になれようし、多少は乱暴な振る舞いもできよう。何よりも、拒絶の危険がなかった——臆病な男の内臓までも縮み上がらせる、あの拒絶というやつが……。

関係者の取り決めは、簡単ながら、まずまず秘密が保たれる仕組みになっていた。旅籠屋の主人が最上階に三室、短期滞在客用の部屋を確保する。それを二週間に限って女たちに貸し、その二週間が終わると、新しい女が三人来て交代する。旅籠屋の主人ハラム氏は、売春そのものにはまったく関与しない。自分は何も知らない、と、ほぼ嘘でも偽りでもなく言い通すことができた。なにしろ、私は部屋を三つ貸していただけですから。まあ、通常の宿賃の五倍をいただいてはいましたが……。女たちの割当て・調達・移動・処罰・ピンはねは、ボストンに住むエドワーズという元締《もとじめ》が行っていた。エドワーズ氏の女たちは、一箇所に二週間を滞在限度とし、小さな町々をゆっくりと巡回した。きわめて巧妙なやり方だった。短期間の滞在だから、住民や官憲に必要以上に目をつけられることがない。しかも、食事を部屋に運ばせるなど、できるだけ部屋に籠もり、公の場所を避けるという配慮もしていた。酒を飲んだり、騒いだり、誰かと恋に落ちたりすることは厳禁。破ると、ひどい折檻《せっかん》が待っていた。客は注意深く選ばれ、酔っ払いは門前払いをくった。女たちには窮屈な生活だが、その代わり六カ月に一度、一月《ひとつき》の休暇がもらえて、この期間中はいくら酔っ払おうが、乱痴気騒ぎしようが、お構いなしだった。万一、仕事中に規則を破る女がいると、エドワーズ氏本人が出向いてきて、その女を素っ裸に剝き、猿轡《さるぐつわ》を嚙ませ、鞭《むち》で引っ叩いて半殺しにした。二度目の規則違反をした女には、浮浪と売春の罪で牢屋行きになる運命が待っていた。

二週間単位のローテーションにはもう一つ利点があった。多くの女は病気持ちで、客に贈り物をする。だが、客がもらい物に気づく頃、当の女はもうどこかへ行ってしまっていて、客は拳を振り上げても、振り下ろす相手がいない。ハラム氏は何も知らないし、エドワーズ氏が巡回売春の元締と名乗って公の場に姿を現すことなど絶対にない。実に都合のよいシステムだった。

女たちは、なぜかよく似通っていた。みな大柄で、丈夫そうで、怠け者で、退屈。女が入れ替わっても、客にはわからないだろうと思えるほどだった。チャールズは、少なくとも二週間に一度は旅籠屋に行き、階上に忍んでいって、手早く用をすませた。その後はバーに降りて、少しだけ飲むのが習慣だった。

トラスク家は、昔からにぎやかだったためしがない。だが、チャールズが一人で住むようになってからは、錆にも似た陰気さに覆われはじめていた。レースのカーテンは灰色に汚れ、床はいくら掃いても湿っぽく、足裏に粘りついた。台所は、壁も窓も天井もフライパンからの油でてかてかと光った。

これまでは、代々の主婦が絶えず磨きたて、年に二回の大掃除で汚れの堆積を抑えてきた。だが、チャールズはせいぜい掃くことしかしない。ベッドでもシーツをとうに諦め、毛布にくるまって寝た。見せる相手もいないのに、家をきれいにしたって何になるだろう。体を洗い、清潔な服を着るのだって、旅籠屋に出かける夜だけで十分ではないか。

チャールズの内部にいらいらが募っていた。夜明けを待ちきれないように外へ飛び出し、農場の仕事に寂しさをまぎらわせた。夕方、仕事から帰ると、油物ばかりを腹一杯詰め込んだ。これでは頭に血の巡るはずもなく、ベッドに入って死んだように眠った。

チャールズの浅黒い顔に、孤独な男によく見る深刻な無表情が浮かぶようになった。チャールズは兄が恋しかった。母親や父親より、兄が……。なぜか記憶が歪み、兄が軍隊に行く前の時代こそ幸せな時代だったのだという思いがしきりにした。あの時代に戻りたいと思った。

一人暮らしの数年間、チャールズは一度も病気をしたことがない。慢性の消化不良はあったが、これはもう独身男の宿命と言えよう。独りぼっちで料理し、独りぼっちで食べる男には避けられない。この頑固な消化不良に、チャールズは「ジョージ神父のエリキサ」という強力な下剤で対抗した。

ただ一度、一人暮らしが三年目に入った頃、ちょっとした事故で怪我をしたことがある。石ころを掘り出し、橇《そり》にのせて石塀まで運んでいた。一つ大きな岩があって、なかなか動いてくれない。長い鉄棒を下に差し込み、梃子《てこ》にして転がそうとしたが、岩は揺るぎはするものの、あとちょっとのところでもとに戻ってしまう。何度も繰り返すうち、突然、チャールズは癇癪《かんしゃく》を起こした。例の薄笑いを浮かべ、人間相手のときのように沈黙の怒りを岩にぶつけた。岩の下深く鉄棒を差し込むと、全体重をかけてそれをこじった。瞬間、鉄棒が滑り、その先端が跳ね上がって額に激突した。チャールズは気を失った。野原にしばらく倒れていたが、やがてごろりと腹ばいになり、よろよろ立ち上がると、目もろくに見えない状態でやっと家に戻った。髪の生え際から眉間にかけ、一見みみず腫れのように皮膚が裂けていた。その傷は化膿し、数週間も膿《うみ》が止まらなかったが、当時の常識では、膿が出るのは傷が順調に治りつつある証拠、膿は歓迎すべき兆候とされていて、チャールズは頭に包帯を巻きつけるだけで、とくに心配もしなかった。傷はやがて治った。が、あとに長いひきつれを残した。こうした傷痕は、たいてい周囲の皮膚より色が薄くなるものだが、チャールズのは暗褐色だった。鉄棒の錆が皮膚の下に入り込み、一種の刺青《いれずみ》になったのだろうか。

傷そのものは気にしなかったチャールズも、この傷痕には悩んだ。額に押しつけられた長い指の跡のようだ……と、ストーブの横にある小さな鏡をよく覗き込んでは思った。だから、前髪を垂らし、できるだけ傷痕を隠すようにした。その傷痕を恥ずかしく思い、憎んだ。誰かに見られるといらいらし、傷痕の理由を尋ねられようものなら、腹の中に怒りが湧き上がった。兄への手紙に、こんなふうに書いた。

「見ようによっちゃ、牛に押す焼き印みたいだ。しかも、だんだん濃くなってくる。兄貴が帰ってくる頃には、もう真っ黒かもしれねえな。これで向きを変えてもう一本つけたら、まるで聖灰の水曜日のカトリック教徒みたいだぜ。なんでこんなに気になるんだか、自分でもよくわからん。傷痕っていうだけなら、体中にいくらでもあるのにな。こいつは、いかにも烙印《らくいん》を押されたって感じなんだ。町へ行くだろ？　旅籠屋へ行く。すると、みんなが見るんだよ。おれに聞こえてないと思って、勝手なことをしゃべりやがる。あいつら、どうしてこの傷のことを知りたがるんだ。もう、町へ行くのも嫌になるぜ」

2

アダムは一八八五年に除隊し、とりあえず家へ向かった。外見は入隊前とほとんど変わらず、身のこなしにも軍隊を感じさせるところがなかった。騎兵隊では、軍隊調がはやらない。部隊によっては、だらしない姿勢でいることを誇りにする向きさえあった。

道中、まるで夢の中を歩いているような気がした。固定された生活パターンから離れることは、たとえそのパターンを嫌っていても容易ではない。朝は相変わらず一瞬のうちに目を覚まし、起床ラッパはまだかとベッドの中で身構えた。ゲートルを巻いていないふくらはぎは頼りなく、きつい襟《えり》から解放された喉は赤裸《あかはだか》の感じがした。シカゴに到着すると、わけもなく家具付の部屋を一週間の予定で借りたが、二日いただけでバッファローに向かい、途中、気が変わってナイアガラフォールズへ行った。

アダムは家に帰りたくなかった。帰るにしても、できるだけ先へ延ばしたかった。記憶にある家は楽しい場所ではなく、その家にまつわる感情は、いまアダムの中で忘れられかけている。早々と戻って、それをよみがえらせることにためらいがあった。

ナイアガラの滝の前に立ち、とどろく水音に圧倒されながら、何時間も呆然《ぼうぜん》と過ごした。

ある晩、不意に兵舎とテントにひしめき合う仲間のことが思われ、全身が麻痺《まひ》するような寂しさに襲われた。どこでもいい、人が集まっているところに急ぎ、ぬくもりに浸りたいという衝動に駆られた。そして、小さなバーを見つけた。中に入ると、人いきれがし、煙が立ち込めていて、心が和んだ。猫が薪《まき》の山に潜り込むように人込みにすっぽり収まり、ウイスキーを注文して、一気にあおった。体中が温かくなり、気分がよくなった。何も見ず、何も聞かず、アダムはただ人と触れ合う気分のよさに浸った。

夜がふけ、客が散りはじめた。いつか家へ帰らねばならないことを思い、アダムは恐ろしくなった。店内は、すぐにバーテンダーとアダムの二人だけになり、バーテンダーはマホガニーのカウンターをしきりに拭いては、目つきと態度で店じまいの意思を示した。

「もう一杯くれないか」とアダムが言った。

バーテンが酒瓶を前に置いたとき、アダムは初めてその顔を見た。額に赤い痣《あざ》があった。

「この辺は初めてなんだ」とアダムが言った。

「滝の見物にいらした方は、たいていがそうですよ」とバーテンダーが言った。

「いままで軍隊にいてね……騎兵隊に」

「ほう」

アダムは不意に、この男を恐れ入らせねばならない、と思った。自分を強く印象づけたかった。そこで「インディアンと戦った」と言った。「いろいろすごいことがあった」

バーテンダーは何も答えなかった。

「僕の弟も額に痣がある」

バーテンダーは指で赤痣に触れた。「生まれつきの痣で、なんだか年々大きくなります。弟さんのもこんなやつですか」

「弟のは怪我が原因らしい。手紙でいろいろと書いてきた」

「私のこれは、猫みたいに見えませんか」

「ああ、そう言えば」

「私の渾名《あだな》になっちまった——小さい頃からキャットって。私を産んでる最中におふくろが猫に驚いたんだろうって、みんな言います」

「いま、家へ帰る途中なんだ。長いこと留守にしてたなあ。君も一杯どう?」

「そりゃ、どうも。どちらにお泊まりです?」

「ミセス・メイの下宿屋」

「ああ、知ってますよ。なんでも、スープをたらふく飲ませて、肉の入る隙間を残さないようにするとか」

「何にでも商売の秘訣ってあるものなんだね」

「ええ、たぶん。私の商売にもたくさんありますよ」

「そりゃそうだろう」

「ところが、どうしても知りたい秘訣が、一つ、どうしてもわからない。こいつをぜひ知りたいもんですが……」

「どんなやつ?」

「客をさっさと帰して、店じまいする秘訣」

アダムはバーテンダーをじっと見つめた。見つめたまま口をきかなかった。

「もちろん、冗談です」バーテンダーが不安そうに言った。

「朝になったら帰ろうかな……」とアダムが言った。「いや、下宿屋じゃなくて、田舎の家の話」

「ご幸運を」とバーテンダーが言った。

アダムは暗闇の町を歩いた。足跡を嗅ぎつけて孤独が追ってくるようで、自然に速足になった。下宿屋のポーチに上がる階段は、どの段も中央部分が沈んでいる。踏むと軋《きし》んで、下宿人の帰りを通報する。廊下は暗い。石油ランプがあるが、芯を思いきり短くしてあって、光は黄色い点となり、いまにも消えそうに瞬いている。

ミセス・メイの部屋のドアが開き、戸口にご本人が立っていた。鼻の影が顎の先まで届いている。正面を向いた肖像画のように立ち、前を通りすぎていくアダムを冷たい視線だけで追った。発散されるウイスキー臭を鼻でとらえていた。

「お休みなさい」とアダムが言った。

ミセス・メイの返事はなかった。

最初の踊り場でアダムが振り返ると、ミセス・メイが見上げていた。仰向いた顔から顎の影が喉に落ち、目には瞳がなかった。

埃くさい部屋だった。埃を何度も湿らせては乾かしたような臭いがした。アダムはマッチ束から一本引きちぎると、束の側面にこすってつけた。漆塗《うるしぬ》りの燭台に立っている燃え残りの蠟燭《ろうそく》に火をつけ、ベッドを見やった。まるでハンモックのように頼りないベッド。そこに薄汚れたパッチワークのキルトがかけてあり、縁のあちこちから詰め綿がはみ出していた。

ポーチへの階段が鳴った。また誰か下宿人が帰ってきたようだ。ミセス・メイもきっとまた部屋の戸口に戻り、冷ややかな歓迎の準備をしていることだろう。

アダムは椅子にすわり、膝に肘《ひじ》をついて、両手に顎をのせた。近くの部屋の下宿人が、静かな夜気を震わせ、絶え間ない執拗《しつよう》な咳き込みを始めた。

家へは帰れない、とアダムは思った。年配の兵隊から聞いた話を思い出し、そっくりそのままだ、と思った。「いやあ、堪えられなかったな」とその兵隊は言った。「行く場所はねえし、知ってるやつはいねえしよ。しばらくほっつき歩いてたら、たわいねえがきみたいにパニックになっちまった。もう必死で軍曹に泣きついたぜ。戻してくれ、一生恩に着るから、ってよ」

アダムはシカゴに戻り、軍隊に再志願して、もとの連隊への配属を願い出た。西へ向かう汽車の中で、大隊の誰彼《だれかれ》を思い出しては、懐かしさと会いたさに胸を熱くした。

カンザスシティで乗り換えの列車を待っていると、アダムの名前が呼ばれ、手に一通の電報が押しつけられた。ワシントンに行き、戦争省長官室へ出頭せよ、という命令だった。これまでの五年間で、アダムは命令に疑念を持たないことを学んでいた。いや、学んだというより、そういう体質に変えられていた。とはいえ、ワシントン？

志願兵にとって、ワシントンにいる雲の彼方の神々は気の触れた存在であり、正気を保ちたいと願う兵隊は、その将軍たちのことをできるだけ考えないようにしていたのだが……。

数日後、ワシントンに着いたアダムは、受付で名乗り、呼ばれるのを控え室で待っていた。そこへ父親が入ってきた。それが父親であると気づくのに数瞬を要し、父親の発散する違和感を克服するのにもっと長い時間を要した。サイラスはすっかり要人然としていた。黒いブロードクロースの上着とズボン、鍔広《つばひろ》の黒い帽子、ビロード襟のオーバー、剣かと見まがう作りの黒檀《こくたん》のステッキなど、いかにも要人らしく装い、意識して要人らしく振る舞っていた。言葉はゆっくりと柔らかく、計算された落ち着きがあった。悠揚《ゆうよう》迫らぬ身のこなし。だが、笑うと新品の入れ歯が光り、笑いとはおよそかけ離れた狡猾《こうかつ》な印象を与えた。

父親であることがわかってからも、アダムにはどこか釈然としないものがあったが、ふと視線を落として気づいた。木の義足がない。脚は真っ直ぐに伸び、膝で曲がり、足にはよく磨いたキッドのブーツをはいている。歩くと多少のびっこはあるが、木の義足をつけたときの大袈裟《おおげさ》で騒々しいやつではない。

サイラスはその視線に気づき、「機械式だ」と言った。「蝶番《ちょうつがい》があって、バネ仕掛けになっている。そのつもりで歩けば、びっこもひかんよ。はずしたときに見せてやろう。さて、いっしょに来い」

「命令の遂行中であります」とアダムは言った。「ウェルズ大佐に報告しなければなりません」

「わかっている。わしがウェルズに命令を出させた。さあ、来い」

「いえ」とアダムは落ち着かなげに言った。「申し訳ありません。やはりウェルズ大佐にお目にかからねばなりません」

父親は振り向き、重々しく「おまえをためしてみた」と言った。「近頃の軍隊に規律というものがあるかどうか見てみたかった。いい子だ。軍隊はおまえのためになると思っていた。やはり一人前の男になり、一人前の兵隊になれたようだ」

「命令の遂行中でありますから」とアダムは繰り返した。目の前にいるこれは見知らぬ人だ、と思った。胸中にかすかな嫌悪感が湧き、どこかおかしい、と思った。ドアが次々に開いて、二人はあっというまにウェルズ大佐の前に通され、大佐から追従《ついしょう》にも似た敬意を示され、「長官がすぐお目にかかります」と言われたが、アダムの嫌悪感は消えなかった。

「長官、これがわしの倅《せがれ》です」と父親が言った。「一兵卒。かつてのわしと同じだ。

合衆国陸軍の一兵卒……」

「いえ、除隊時は伍長でありました」とアダムは言った。父と長官の間でお世辞が交わされていたが、そんなものは上の空《うわそら》でアダムは考えていた。いやしくも戦争省の長官だろう。これが父の正体じゃないことくらいわからないんだろうか。父は演技している。父に何があった。長官が見抜けないなんて、おかしい。

父子は、父の住む小さなホテルまで歩いた。途中、名所旧蹟やあれこれの建物を通り過ぎるたび、サイラスがそれを指し示し、講義でもするように延々と解説した。

「いまはホテル住まいだ」と言った。「家を持つことも考えたが、動き回ることが多くて、引き合うまいと思った。いつも全国を飛び歩いているものでな」

ホテルの受付にも父を見抜く目はなかった。サイラスに頭を下げ、上院議員と呼び、ご子息にお部屋を用意しましょう、と言った。たとえ先客を放り出してでも、と。

「わしの部屋にウイスキーを一本頼む」

「お望みなら、氷もお持ちできますが……」

「氷だと？　息子は軍人だぞ」サイラスはそう言って、ステッキで脚を叩いた。うつろな音がした。「わしも軍人だった。ほんの一兵卒だ。そのわしらが氷なんぞに用があるものか」

サイラスの部屋を見て、アダムはその設備に驚いた。寝室と並んで居間があり、寝室の中には用便のための小部屋まで設けられていた。

サイラスは椅子に深くすわり、ふうと溜息をつくと、ズボンの裾をたくし上げた。鉄と革と硬材で作られた装置が見えた。全体が革の鞘《さや》に収められ、脚に括《くく》り付けられている。サイラスはその鞘をはずし、作り物の脚を椅子の横に立てた。「着けっぱなしだと、けっこう痛くなるのでな」と言った。

義肢をはずした父は、以前の父に――アダムが覚えている父に――戻った。先ほどから兆しはじめていた蔑《さげす》みの念が消え、子供の頃に感じた恐怖と尊敬と憎悪がよみがえった。父親の顔色をうかがい、ご機嫌をとろうとする、小さな子供に戻ったような気がした。

サイラスはくつろぎ、ウイスキーを飲み、襟をゆるめると、アダムに向かって「で?」と言った。

「えっ?」

「なぜ再志願した」

「あの……わかりません。ただそうしたかったとしか……」

「軍隊は好きじゃなかったはずだ」

「はい」

「なぜ戻った」

「家に帰りたくありませんでした」

サイラスは溜息をつき、指の先を椅子の腕木《うでぎ》に滑らせた。「ずっと軍隊にいるつもりなのか」

「わかりません」

「ウエストポイントはどうだ。わしには力がある。おまえを除隊させて、士官学校に行かせてやれるぞ」

「行きたくありません」

「わしに楯突《たてつ》くのか」サイラスが静かな声で言った。

アダムが答えるまでに長い時間がかかった。あれこれ逃げ道を探したあげく、結局、「はい」と答えた。

サイラスは「ウイスキーを注いでくれ」と言い、それを手にとって、「おまえにはわしの力のほどがわかっておらんのではないか」と言った。「陸海軍人会は、わしの意のままだ。どんな候補者にでも差し向けて、叩き潰せる。大統領でさえ、公的な問題ではわしの考えを知りたがる。上院議員を落選させるなど屁でもない。官職をもぎとるなど、林檎をもぎとるのと変わらん。男を偉くもさせられるし、破滅もさせられる。わかっているか？」

もっとわかっている、とアダムは思った。父は、いま、脅しでわが身を守ろうとしている。「はい、そう聞いています」

「おまえをワシントン勤務にして……そうだ、わしの直属にしてやることもできる。あれこれ道をつけてやるが、どうだ？」

「やはり、もとの連隊に戻してください」アダムはそう言い、父親の顔が敗北で陰るのを見た。

「わしは間違っていたのか。軍人のばかな頑固さばかり身につけおって」サイラスはそう言って溜息をつき、「連隊に戻すよう命令を出させよう。兵舎で腐ってしまうがいいさ」と言った。

「ありがとうございます」アダムは感謝し、一瞬置いて「なぜチャールズを呼んでやらないんですか」と尋ねた。

「それは、わしが……いや、チャールズはいまのままがいい。そのほうが……」

このときの父の口調と表情を、アダムはよく思い出した。父の予言どおり兵舎で腐りつつあるアダムには、思い出す時間がたっぷりあった。そして、父は孤独で寂しいのだ、と思った。しかも、自分でそれがわかっている……。

3

チャールズは、アダムの五年ぶりの帰郷を心待ちにしていた。家にも納屋にも新しくペンキを塗り、いよいよ除隊の日が近づくと、家に掃除女を入れて、徹底的に磨きたてさせた。

掃除女は、きれい好きの気難しい老女だった。埃で灰色に汚れたぼろぼろのカーテンを見ると、即座に放り出し、新しく作り直した。レンジから、アリスが死んで以来溜まりに溜まっていた脂を掻き出し、壁からは、料理の油と石油ランプの煤《すす》でできた黒光りを削ぎ落とした。床を灰汁《あく》で洗い、毛布を洗濯ソーダで洗った。掃除をしながら、絶えずぶつぶつと独り言を言いつづけた。ああ、嫌だ、嫌だ。男はなんて汚い獣なんだ。豚のほうがまだましだよ。自分の汚物の中で腐ってやがる。男なんぞと結婚する女の料簡《りょうけん》がわからないね。麻疹みたいに臭い。オーブンを見てみな。パイ汁がメトセラの時代から溜まりっぱなしだ……。

灰汁に、ソーダに、アンモニアに、石鹸……。清潔ではあっても、臭いが鼻を強烈に刺激する。辟易《へきえき》したチャールズは、寝起きの場所を物置小屋に移した。掃除女が自分の生活ぶりをどう思っているかは、直接言われずともよくわかっていた。だから、女がぶつぶつ言いながら掃除を終え、ぴかぴかの家から立ち去ったあとも、そのまま物置小屋にとどまることにした。アダムが戻るまでは、なんとか家をきれいなままにしておきたかった。小屋には農機具やその修理のための鍛冶道具が置いてある。それに囲まれて寝起きするうち、チャールズは炉の便利さを発見した。揚げ物や煮物には、台所のレンジより速く、能率がいい。ふいごを使えば、コークスがたちまち炎を噴き上げてくれて、レンジが暖まるのを延々と待つ必要がない。なぜもっと前に気づかなかったのだろう、と思った。

チャールズはアダムの到着を待った。だが、アダムは来ず、手紙すら――書くのを恥じたのか――なかった。代わりにサイラスから怒りに満ちた手紙が来て、兄が父の意に反して軍隊に再志願したことを知った。その手紙には、おまえもいつかワシントンに来いという意味のことがあったが、それきり、二度目の誘いはなかった。

チャールズは小屋から母屋へ戻り、再び猛烈に汚す生活を始めた。あの文句の多い掃除女の仕事を無にしていくことには、格別の快感があった。

一年以上経ち、ようやくアダムから手紙が来た。いかにもばつが悪そうな饒舌《じょうぜつ》な手紙で、最後に勇気を奮い起こして、「なぜ再志願したかよくわからない。自分じゃない誰かがやったみたいでな。そっちはどうだ。近いうちに知らせてほしい」とあった。チャールズは返事を出さなかった。心配そうな手紙がさらに三通来た。ようやくペンをとり、「別に兄貴の帰りを待ちわびてたわけじゃない」と冷ややかに書いた。そして、農場と家畜のあれこれを事細かに書き送った。

去る者は日々に疎《うと》い。その後、チャールズは年明け早々に手紙を書き、アダムからも年明け早々に書いたらしい手紙が来たが、二人の間柄はすでに疎遠になっていた。共通の話題も、相手に尋ねたいこともなくなっていた。

チャールズは、いかがわしい女を家に入れはじめた。一人が鼻に付くと、豚でも売る気軽さで放り出し、次の女を引き入れた。どの女も好きになったことはなく、相手が好意を持ってくれているかどうかなど気にもしなかった。しだいに村にも足が向かなくなり、出向くのは旅籠屋と郵便局だけになった。村の人たちは眉をひそめたが、その醜い暮らしぶりを補って余りあるのがチャールズの農場経営だった。村人の目で見ても、この農場がこれほど立派に運営されていたことはない。チャールズは土地を開墾し、塀を建て、排水を改良し、農場を百エーカーも拡げた。タバコも植え、母屋の後ろには、目を見張るほど大きくて長いタバコ納屋が建った。立派な農場を見れば、同じ農夫として、農場主をあまり悪くは思えない。チャールズに対する近隣農夫の敬意は、辛うじてつなぎとめられた。チャールズは、収入の大半とすべてのエネルギーを農場に注ぎ込んだ。

第七章

1

兵隊に正気を保たせるため、軍隊はさまざまなことをする。金属と革を際限なく磨かせることもそうなら、ラッパを吹いて国旗を掲揚する儀式もそう。閲兵《えっぺい》も教練も護衛も、すべては、何もすることのない人間を忙しくさせておくための工夫だ。アダムの二度目の五年間はそういうことに費やされた。一八八六年にシカゴの精肉工場で大ストライキが勃発《ぼっぱつ》したときは、アダムの連隊も出動に備えて待機したが、結局、出番がないままにストライキが終息した。一八八八年、平和条約への署名に応じないセミノール族に不穏な動きがあり、このときも騎兵隊に出動命令があった。だが、セミノール族はすぐに沼地に引っ込んで鳴りをひそめ、部隊はまた眠るような日常に戻った。

時間の経過というものは、実に奇妙で、矛盾に満ちている。無味乾燥な時間や、何事もなく過ぎていく時間は、無限の長さにも感じられるはずだと思う。絶対にそうであるはずなのに、実際は違う。のんべんだらりと過ごした時間ほど、振り返ってみると短い。興味の川を下り、悲しみの岩に傷つき、歓喜のクレバスを飛び越えていた時間こそ、記憶の中では長い。考えてみれば当然のことかもしれない。時間の中の出来事は、記憶を支える柱だ。事もなく過ぎた時間にはその柱がなく、記憶のカーテンを吊るせない。無から無までの時間は、やはり無になる。

こうして、二度目の五年間はあっというまに終わり、一八九〇年の年末も近い頃、アダムはサンフランシスコのプレシディオで除隊した。いつの間にか軍曹になっていた。チャールズとのやり取りはすでにないも同然だったが、除隊の直前に「今度は帰る」と書き送った。それを最後にアダムからチャールズへの音信は絶え、復活するのは三年余りもあとのことになる。

アダムは西部で冬をやり過ごすつもりだった。川沿いにサクラメントに出たあと、サンウォーキーン盆地をほっつき歩いた。だが、いざ春が来てみると、もう金が底をついていた。しかたなく毛布を棒状に丸めて背負い、ゆっくりと東部への旅を開始した。歩くこともあったし、のろのろと走る貨物列車に飛び乗り、無賃乗車を決め込む男たちの集団に混じることもあった。夜は、町の縁にある野営地で、浮浪者の一団と野宿をした。物乞いも覚え、金よりも食べ物を、と頭を下げた。ほどなく、アダム自身が一人前の浮浪者になっていた。

浮浪者は、望んで放浪と孤独に生きる男たちだ。昨今こそまれになったが、九〇年代にはまだたくさんいた。責任から逃げ出した者もいただろうし、不正義によって社会から追放されたと感じる者もいただろう。たまに働くこともあったが、同じ場所に長くはとどまらない。多少の盗みもする。盗むのはほぼ食べ物に限るが、必要に迫られれば、物干し綱から衣服を失敬することもある。教養のある男に無学な男、清潔な男に不潔な男……ありとあらゆる種類の男たちがいて、唯一、腰の落ち着かなさだけが全員に共通していた。浮浪者は温暖な気候を求め、酷暑と酷寒を避けた。春を追いかけるように東部への移動を開始し、初霜の気配で西部と南部に逃げた。浮浪者はコヨーテによく似ていた。野生の生き物なのに、人間と鶏小屋の近くから離れない。常に町の周辺をうろつきながら、中には入ってこない。浮浪者どうしの付き合いは一日限り。長くても一週間で、すぐに散り散りになっていった。

浮浪者は焚き火の周りに集まり、持ち寄りのシチューがぐつぐつ煮えるのを見ながら語り合った。身の上話だけはタブーだったが、それ以外のありとあらゆる話を交わした。アダムがＩＷＷ（世界産業労働者組合）の発展と怒りの天使たちの話を聞いたのも、そういう場所だった。哲学論争があり、形而上学《けいじじょう》や美学の話があり、三人称で語られる体験談もあった。こうした一夜の友のなかには殺人犯がいたかもしれない。法衣を脱ぎ捨て、あるいは剝奪《はくだつ》された聖職者がいたかもしれない。凡庸な同僚に暖かなねぐらから追い出された大学教授、思い出から逃げつづけている孤独な男、大物の堕天使や修業中の悪魔もきっといただろう。人参やジャガ芋、玉葱《たまねぎ》や肉をシチューに持ち寄るように、誰もがさまざまな思いの断片を焚き火の周りに持ち寄った。アダムはガラスのかけらで髭を剃る方法をそこで学び、施しを受けにノックする家の選び方を学んだ。浮浪者を目の敵にする警察と折り合い、なるべくなら敬遠することを覚え、女の価値の基準を心の暖かさに置くことを知った。

新しい生活は楽しかった。旅をつづけ、ネブラスカ州オマハまで来たとき、木々に秋の色が現れはじめた。それを見たアダムは、理由もなく、疑問も抱かず、反射的に道を引き返した。西へ、南へ、逃げるように山を越え、南カリフォルニアにたどり着いて、ほっと安堵の溜息をついた。冬の間は、メキシコ国境から北はサンルイスオビスポまで、海沿いを行きつ戻りつした。潮だまりで鮑《あわび》や貽貝《いがい》、鰻《うなぎ》や鱸《すずき》をとり、砂洲を掘って蛤《はまぐり》を探した。釣り糸で罠を作り、砂丘で野兎を捕えたこともある。腹がくちくなると、太陽で暖められた砂浜に寝転び、打ち寄せる波をかぞえた。

春が来て、また引き寄せられるように東に向かった。山の夏は涼しく、山の人々は孤独ゆえに親切で、足取りは去年よりいっそうゆっくりになった。デンバー近くで、一人の寡婦がやっている店に雇われ、しばらくはおとなしくその寡婦と食卓やベッドを共にしていたが、やがて霜が降ると、追いたてられるように南へ歩き出した。リオグランデ沿いにアルバカーキに出て、エルパソを過ぎ、ビッグベンドを抜け、ラレードを経て、ブラウンズビルに着いた。途中、スペイン語をいくつか覚え、「食べ物」や「楽しい」という程度のことは言えるようになった。人間についても学ぶところがあり、たとえ極貧の暮らしにあっても、人は何かしら恵むものがあり、恵まずにいられないものであることを知った。そこから芽生えた貧しい人々への愛情は、おそらく、同様に貧しくなければとても抱けたはずのない感情だったろう。痩せて、日に焼け、アダムはもうベテラン浮浪者になっていた。謙虚さをモットーとし、怒りや嫉妬が胸の内にうごめくこともないほどに、自分をよく抑えることができた。声は柔らかく、しゃべる言葉にはいくつもの訛りや方言が交じり合い、どこの地でも相手に違和感を与えることがなかった。浮浪者が身を守るうえで、これは大きな武器になる。汽車には、もうめったに乗らなかった。というのも、ＩＷＷ組合員が怒りから暴力に訴え、それに対してすさまじい報復がなされ、そのあおりで世間には浮浪者への悪感情が高まりつつあったからだ。アダムも浮浪罪で検挙されたとき、警官や囚人たちから何かにつけ暴行を受けた。それ以後は浮浪者の集まりに近づかず、常にただ一人で旅をするようにした。髭を剃り、身ぎれいにすることも心がけた。

再び春が来て、北に転じた。休息と安らぎの時期は終わったと感じていた。北に向かうアダムが目指すのは、チャールズであり、いまは薄れかけている子供時代の思い出だった。

果てしなくつづく東部テキサスを急ぎ足で抜け、ルイジアナ州を通り、ミシシッピー州とアラバマ州の南端をかすめるようにして、フロリダ州の横腹に入った。急かされるような感覚があった。途中出会う黒人はごく貧しく、だから他人には親切だったが、アダムは白人。同じく貧しくても信用してはもらえなかった。一方、貧しい白人はよそ者を恐れ、アダムを遠ざけた。

タラハシー近くでシェリフの配下に捕まり、浮浪罪を宣告されて、道路工事班に入れられた。道路はそうやって囚人の手でつくられる。刑期は六カ月だったが、釈放と同時に再び逮捕され、さらに六カ月の懲役を言い渡された。他人を獣と見なせる人間がいて、そういう人間とやっていくには獣になるのがいちばんであることを学んだ。すがすがしい顔、開けっぴろげの顔、相手を真正面から見つめる目は禁物。それは相手の注意を引き、注意は処罰を引き連れてくる。醜悪で残酷な仕打ちは、される側だけでなく、する側をも傷つけるに違いない、とアダムは思った。傷つくから、その腹いせにまた誰かを罰せずにいられないのだろう。昼間の作業中はショットガンを手にした男たちに見張られ、夜は足かせで鎖につながれる。だが、そんなことはただの用心だから、どうということはない。たいへんなのは、意志のわずかな動きを気取《けど》られ、誇りや反抗心のかけらを察知され、それへの罰として残酷に鞭で打たれることだ。そういうことは、看守が囚人を恐れているからこそ起こる。恐怖に凝り固まった人間ほど危険な動物はない……と、十年も軍隊にいたアダムにはわかる。そして、あの鞭で打たれたら、この肉体と精神がどうなってしまうかと恐れた。だから、身をベールで包み隠した。顔から表情を拭い、目から光を消し、口をつぐんだ。あとから振り返ると、わが身にそういう災難が降りかかったことより、それをなんとか受け止め、最小限の苦痛で堪え抜いたことのほうが驚きだった。思い出すと恐ろしいことでも、目の前で起こっているときはさほどにも感じなかった。たとえば、男が鞭で打たれている。皮膚が裂け、筋肉がのぞいて、白くぬめっている。それを見ていたアダムは、同情や怒りはもちろん、関心があることすら、その場では顔に表さなかった。あれは自制心の勝利だった、と思う。アダムは自制心を学んだ。

人間は、出会ってしばらくすると、目で見るより肌で感じるものになる。フロリダの路上で二度目の刑期を務めている間、アダムは自分の存在を無以下に抑えていた。不要に身動きせず、空気の振動さえ起こさず、ほとんど透明と言えるほど自分を目立たなくしていた。肌を強く刺激してこない相手なら、看守たちも恐れない。アダムは飯場《はんば》の清掃や囚人への給食、バケツでの水汲みなどの仕事を任されるようになった。

二度目の釈放まであと三日というとき、行動を起こした。その日の正午過ぎ、小川でバケツに水を汲んで戻り、もう一度汲みに川へ引き返した。そして、バケツに石を詰めて沈めると、自分もそっと水中に滑り込み、下流へ泳ぎはじめた。かなりの距離を行ったところで一休《ひとやす》みし、さらに泳ぎ下った。夕方まで泳ぎつづけ、土手に藪《やぶ》が生えていて、身を隠すには恰好と思う場所を見つけた。水からは上がらず、藪の下に潜んだ。夜遅く、両岸に犬の吠え声が聞こえ、通り過ぎていった。アダムは水中にすわり、目と鼻だけを水上に出していた。髪の毛には前もって青臭い葉っぱをこすり込み、体臭を消していた。朝になって、犬が引き返してきた。もう嗅ぎ回る意欲も失せていた。人間のほうもくたびれきり、土手の草をきちんと叩いて回るだけの気力はないようだった。捜索隊が去ると、アダムはようやくポケットに手を突っ込み、ふやけた鰊《にしん》のフライを取り出して食べた。

急がないことなら、訓練はできていた。たいていの囚人は、慌てて逃げるところを捕まる。ジョージア州はほんの目の前だったが、アダムは州境を越えるのに五日間かけた。絶対に危険を冒さず、はやる気持ちを鉄の意志で抑えた。意志の強さに自分でも驚いた。

ジョージア州に入ると、バルドスタの町外れに隠れた。真夜中をはるかに過ぎてから、影のように町に入り、安っぽい店の裏手に忍び寄って、そっと窓を押し上げた。力を加えつづけていると、やがて錠を留めているねじ釘が緩み、風雨で腐った木枠から抜けた。中に入り、窓を開けたままにして、まず錠をもとどおりに付け直した。そして、汚れた窓から射し込む月明かりを頼りに、仕事にかかった。安物のズボンを一着盗んだ。さらに、白いシャツと黒い靴、黒い帽子、オイルスキンのレインコート。どれも試着して、体に合うことを確かめた。すぐに逃げ出したい衝動があったが、我慢し、侵入の痕跡が何一つ残っていないことを念入りに確かめてから、窓の外へ抜けた。盗《と》った品はどれも在庫量の多いものばかり。現金が入った引出しなどは探してもいない。注意して窓を下ろし、月明かりの中を物陰から物陰へ移動しながら逃げた。

日中は隠れ、夜になると、食べ物を探しに出た。蕪《かぶ》に、納屋から玉蜀黍《とうもろこし》を二、三本、風で落ちた林檎を数個……。なくなったと気づかれそうなものは避けた。靴に砂をこすりつけて古びさせ、レインコートを揉んで皺くちゃにした。あとは雨が必要だった。必要というより、慎重の上にも慎重を期すためにぜひほしい、と思った。三日して、待望の雨が降った。

雨は午後遅くに降りはじめた。アダムはレインコートの中に身を縮め、暗くなるのを待った。夜が来た。黒い帽子を目深《まぶか》にかぶり、レインコートの襟を立てて、降りつづく雨の中を歩き出した。バルドスタの町へ入り、駅に行った。雨に曇る窓から中を覗くと、緑の目庇《まびさし》と黒いアルパカの腕カバーをした駅長が、出札口から身を乗り出すようにして、友人らしい男と立ち話をしていた。それは二十分ほどもつづいたろうか。駅長の知り合いがプラットホームから消えるまでアダムはじっと待ち、一つ深呼吸をして気を落ち着けると、駅に入った。

2

手紙などほとんど来ず、チャールズは何週間も郵便局に顔を出さないことがあった。だから、一八九四年二月、ワシントンの弁護士事務所からチャールズ宛に一通の分厚い封書が届いたとき、郵便局長は重要な手紙かもしれないと考え、それをトラスク農場へ届けることにした。庭で薪を割っているチャールズを見つけ、封書を手渡した。わざわざ持ってきてやったのだから、当然、内容を聞かせてもらえるだろうという顔で待った。

チャールズは、待っている局長のことなど意に介さず、五ページもの手紙をゆっくり読み終えると、また初めに戻って、一語一語口を動かしながら読み直した。そして折り畳《たた》み、母屋に向かった。

局長が背後から声をかけた。「何かまずいことでも、トラスクさん？」

「おやじが死んだ」チャールズはそう答え、家に入って、ドアを閉めた。

「参ってたよ」局長は町へ帰って、そう話した。「すっかり参ってた。無口な人で、あんまりしゃべらんが……」

家の中はまだ暗くなかったが、チャールズはランプに火を入れた。手紙をテーブルにのせ、まず手を洗ってから、腰をすえて読み直した。

電報で知らせようと思いついた人は、誰もいなかったようだ。弁護士でさえ、父親の書類を調べていてチャールズの住所を発見したという。お気の毒です……。弁護士はそう悔やみの言葉を書き連ねながら、かなり興奮しているふうでもあった。息子らに財産を遺《のこ》すというサイラス・トラスクの遺言を作成したとき、弁護士の頭にあったのは、せいぜい数百ドルという金額だった。サイラスの外見から、とても大資産家とは思えなかった。だが、死後に通帳を調べてみると、銀行に九万三千ドルを超える預金があり、ほかに一万ドルの優良証券があった。トラスク氏に対する弁護士の考えは、これでがらりと変わった。これだけの金を持っている人間は、まさしく金持ちだ。世の中に心配事など何もない人物だ。一つの王朝さえ始められるほどの財産ではないか。弁護士は、チャールズと兄アダムに「おめでとう」と書いた。遺言では、遺産が平等に分けられることになっています……。そして、金額明細のあとに、故人の所持品を列挙していた。各地の陸海軍人会から贈られた礼刀が五振り、金の名札を貼ったオリーブ材の議長用小槌《こづち》が一個、懐中時計につけるフリーメーソンチャーム（ダイヤモンドをはめ込んだコンパス）が一個、義歯を入れたときに抜いた歯の金冠が数個、銀時計が一個、金の握りのステッキが一本……。チャールズはさらに二度その手紙を読み直し、両手で頭を抱えた。兄貴はどうしているだろう、と思った。アダムに戻ってきてほしかった。

混乱し、何をどう考えてよいかわからないまま、火をおこし、フライパンを温めて、塩漬け豚肉の厚切りを何枚か入れた。またテーブルに引き返し、じっと手紙を見つめていたが、いきなり取り上げて、テーブルの引出しに放り込んだ。しばらくはこの問題を考えまい、と決心した。が、もちろん、ほかのことなど何も考えられるはずがない。何度も何度も考え、そのたびに堂々巡りして、最後はいつも出発点に戻ってきた。おやじはこの金をどこで手に入れたんだろう……。

二つの出来事に何かしら共通する点――性格が同じ、時期が同じ、場所が同じ、など――があると、人はどうしても、その二つの出来事の関連性を考えたくなる。何か不可思議な因縁を想像し、覚えておいて話の種にする。チャールズにとって、農場に手紙を配達してもらうなど生まれて初めての経験だった。ところが数週間後、今度は電報を持った男が農場にやってきた。チャールズの中で、この手紙と電報の間には確固たる関連性が生じた。たてつづけに二つの死に直面した人が、その二つを括《くく》り、延長線上に三番目の死を予感するのに似ていた。

チャールズは電報を手に村の停車場に駆けつけ、「ちょっとこれを聞いてくれ」と電信係に言った。

「知ってるよ。もう読んだから」

「読んだだと?」

「電線を伝わってきたのを、おれが書き留めたんだ」

「ああ、そういうことか。で、この『一〇〇ドル、デンシンニテ、シキュウオクレ。カエル。アダム』って……」

「着払いで来たから、六十セント払ってもらうぞ」

「ジョージア州バルドスタ？　聞いたことがねえ」

「おれもさ。だが、そういう場所があるんだろう」

「おい、カールトン、電信で金を送るって、どうやるんだ」

「それはだな、おまえがここに百二ドル六十セント持ってくるんだ。すると、おれからバルドスタの電信係に、アダムに百ドル払え、と言ってやるのさ。おれにも六十セント払ってもらうぞ」

「ああ、払う。けど、アダムだってことはどうやってわかる。別のやつが受け取っちまうかもしれんだろう」

電信係は、いかにも世の中に通じているという優越感に満ちた笑いを浮かべた。

「それはこうだ。アダムでなきゃ答えられんような問題をおまえが考えて、おれに言う。おれは問題と答えの両方を打電する。向こうの電信係がその男に問題を出して、答えられなきゃ金は渡さん」

「そりゃ、なかなか気がきいてらあ。よし、いい問題を考えるぞ」

「ブリーン爺さんの窓口が開いてるうちに、早く百ドル持ってきたほうがいいぜ」

チャールズは大いにおもしろがり、金を手に戻ってくると、「問題ができたぞ」と言った。

「おふくろさんのミドルネームなんてのはだめだぞ。覚えてねえやつのほうが多いからな」

「いや、そんなんじゃねえ。これでどうだ。軍隊に入る前、兄貴はおやじの誕生日に何をプレゼントしたか」

「いい問題だが、長すぎるぜ。十語くらいに縮まらんか」

「金を払うのはどっちなんだ。で、答えは子犬だ」

「そいつは誰にも当たらんだろうな。ああ、もちろん、払うのはそっちだから、おまえがいいなら長くてもかまわん」

「兄貴が忘れてたら傑作だな。いつまでも家に帰れねえぜ」

3

アダムは村から歩いてきた。シャツが汚れていた。一週間着の身着のままだったから、盗んだ服はどれも皺だらけで、汚れ放題だった。母屋と納屋の間で立ち止まり、弟の気配を探った。すぐに、新しい大きなタバコ納屋の中から、ハンマーを振るう音が聞こえてきた。「おーい、チャールズ」アダムは大声で呼んだ。

ハンマー音が止み、あたりが静まりかえった。なんだか、弟が納屋の隙間からこちらの様子をうかがっているような気がした。チャールズが飛び出してきて、アダムに駆け寄り、二人は握手をした。

「元気か」とチャールズが尋ねた。

「ああ、元気だ」とアダムが答えた。

「なんだか、すごく痩せたぞ」

「まあ、そうだろう。老けてもいるはずだ」

チャールズは兄の頭のてっぺんから足の先まで目を走らせ、「あんまり景気がよさそうじゃねえな」と言った。

「事実、よくない」

「荷物は?」

「ない」

「ないって、兄貴はいままでどこにいたんだ」

「あちこち、ふらふらとな」

「浮浪者みたいにか」

「浮浪者みたいにだ」

あれから十数年が経っている。その年月を過ごす間に、チャールズの肌は皺だらけのなめし革に変わり、暗かった目に赤みが増した。チャールズを知り尽くしているアダムには、弟がいま二つのことを考えている、とわかった。一つは疑問の数々だろう。そして、何かわからないがもう一つある。

「なぜ帰らなかったんだ」とチャールズが言った。

「足に放浪癖がついてな」とアダムが答えた。「癖になると、もう止められん。おまえのそれ……確かにひどい傷痕だな」

「手紙に書いたやつだ。だんだんひどくなるぜ。手紙と言やあ、兄貴はなぜ書いてくれなかったんだ。腹はすいてねえか」チャールズの手はいらいらとポケットに入ったり出たりし、顎にさわり、頭を掻いた。

「消える可能性もあるんじゃないか。昔、猫みたいな赤痣のある男に会ったことがある。あるバーのバーテンダーでな、生まれつきだと言ってた。痣のせいで、渾名がキャットだと」

「腹は？」

「そういえば、すいてる」

「今度はずっと家にいるのか」

「まあ……たぶん。その話、いまでなきゃだめか」

「まあ……たぶん」チャールズがまねた。「おやじが死んだんだ」

「知ってる」

「知ってる？　なぜ」

「駅長が教えてくれた。いつ死んだ」

「一カ月前ってとこか」

「何で」

「肺炎だと」

「ここに埋めたのか」

「いや、ワシントンだ。手紙が一通来て、新聞の切り抜きもある。弾薬車にのせて、上に国旗をかけて運んでた。副大統領が列席して、大統領からの花環《はなわ》があったっていうぜ。みんな新聞に出てらあ。写真付きだ。あとで見せてやるよ。全部とってある」

アダムは弟の顔を見つめた。チャールズが顔をそむけるまで、じっと見つづけた。

「何か怒ってるのか」と尋ねた。

「怒るって、何を」

「いや、そんな口調だったから……」

「怒ることなんて何もねえさ。さて、何か食う物でも作ってやろう」

「ああ、頼む。父さんは長いこと患《わずら》ったのか」

「いや。劇症のやつで、ころっと逝ったらしい」

チャールズは何かを隠している。言いたくてしかたがないのに、どう切り出していいかわからず、無駄な言葉でごまかしている。アダムは口をつぐむことにした。こちらは黙っているのがいいかもしれない。いずれ話の糸口を探し当てたら、何かしゃべり始めるだろう。

「あの世からのお告げなんて、おれは信用できねえ」とチャールズが言っていた。

「だが、本当のところはわからんな。絶対にお告げを受けたって頑張るやつもいるし。セーラ・ホイットバーン婆さんなんて、神かけて、聞いた、って言うからな。どう考えたらいいんだか。兄貴はお告げなんて経験ねえだろ？　どうした、急に黙りこくって」

「ちょっと考えごとをしていた」とアダムは答えた。実は、考えながら驚いていた。僕はもうチャールズが怖くない、と思った。以前は死ぬほど怖かったのに、もう怖くも何ともない。どうしてだろう。軍隊の効用か、道路工事班での経験か、父の死か。そうかもしれないし、そうでないかもしれない。よくわからないながら、恐怖は取り除かれた。いまなら、言いたいことを何でも言える、と思った。以前は面倒を避けたくて、あれほど言葉を選んでいたのに……。アダムは爽快だった。一度死んで、また生き返ったような気すらした。

二人は台所へ入った。覚えているはずの台所だったが、記憶とは違った。以前より小さく、くすんでいるように見えた。アダムは陽気とも聞こえる口調で「チャールズ」と呼びかけた。「さっきから何か話したいことがあるんじゃないのか。テリアじゃあるまいし、おまえ、ぐるぐると藪の周りを嗅ぎ回ってばかりだ。言ってしまえよ。言わんと腹がふくれるぞ」

一瞬、チャールズの目が怒りで光った。顔を上げたが、昔の威圧する力はすでにない。叩きのめすことはもうできない、と苦々しく思った。もう無理だ……。

アダムはくすくすと笑った。「父さんが死んだばかりなのに不謹慎かもしれないがな、チャールズ、でも、僕はいまほど気分のいいことはこれまでなかったよ。生涯最高の気分だ。言えよ、チャールズ。いつまでも胸にしまっていたら、中で破裂するぞ」

「兄貴はおやじが好きだったか」

「どういうことだ。何が知りたい。それがわかるまでは答えられないな」

「好きだったのか、好きじゃなかったのか」

「おまえには関係のないことだろう」

「言ってくれ」

創造的で自由な大胆さがアダムの全身と頭脳に満ちていた。「じゃ、言おう。いや、好きじゃなかった。恐ろしい人だと思ったことがあるし……まあ、偉い人だと思ったこともある。でも、たいていは嫌な人だった。さあ、今度はおまえが教えろ。なぜそんなことを知りたがる」

チャールズはうつむいて、両手を見つめていた。「なぜだ」と言った。「おれには納得できねえ。おやじは世界中の誰より兄貴をかわいがっていたのに」

「そんなことは信じられない」

「信じなくたっていいさ。兄貴からもらうものは何だって気に入ってたんだ。おれのことは嫌いで、おれがやるものも嫌ってた。誕生日のプレゼントのポケットナイフ、覚えてるだろ？　あのナイフを買うのに、おれは薪を一駄分も売りにいったんだ。だが、おやじはあれをワシントンに持っていきさえしなかった。いまもおやじの簞笥《たんす》に入ってらあ。兄貴は子犬をプレゼントした。一文もかかりゃしねえ。あとで、あの犬の写真を見せてやるよ。おやじの葬式でさ、どっかの大佐が抱いてたぜ。目は見えねえし、歩けもしねえやつ。葬式後にご親切にも射殺してやったそうだ」

弟の語気の激しさに、アダムは、はて、と思った。「どうもよくわからん。おまえはいったい何が言いたいんだ」

「おれはおやじが大好きだったんだよ」チャールズはそう怒鳴ると、泣きはじめた。弟が泣くところなど、アダムは見た覚えがなかった。チャールズは両腕に顔を埋め、泣きじゃくった。

アダムは弟のところへ行って、慰めようと思った。だが、昔の恐怖がかすかによみがえってきた。いま触れたら、あいつは僕を殺そうとするだろう。だから、開いた戸口へ行って、立ったまま外をながめた。後ろで弟が泣きながら鼻をすすっているのが聞こえた。

ここから見る農場は、とてもきれいとは言えない。昔からそうだった。ごみが散れ、雑然として荒れた雰囲気があり、計画性のなさを感じさせる。地面に花はなく、紙屑や木屑が散乱している。母屋自体もきれいな建物とは言えない。雨露をしのぎ、食事をするには十分だが、まあ、上等なあばら家といったところだろうか。無愛想な農場に、無愛想な家。愛されもせず、愛することもなく、家庭と呼べるものではない。遠くにいて懐かしみ、戻りたいと願わせるわが家ではない。アダムは、唐突に継母のことを思った。この農場同様、愛されない人だった。主婦としてそれなりに働き者で清潔な人だったが、この農場が家庭でないように、あの人も愛される妻ではなかった。

泣き声が止んでいた。振り返ると、チャールズがぼんやりと前を見ていた。「母さんのことを話してくれ」とアダムが言った。

「死んだよ。手紙に書いたろう?」

「でも、話してくれ」

「だから、死んだんだよ。ずいぶん前の話だ。兄貴のおふくろじゃねえし」

かつて、アリスの顔に浮かんだ一瞬の微笑みを、アダムは盗み見たことがある。その微笑みが心に浮かび、アリスの顔が眼前に広がった。

「兄貴に一つ聞きたいことがある」チャールズの声がして、顔はその声に貫かれ、粉々に砕けた。「急がなくていいから、よく考えて答えてくれ。本音じゃなかったら、たぶん答えてもらってもしかたがねえ」

チャールズの唇が動き、質問を形作った。そして、声がつづいた。「おやじは……不正直な人間だったと思うか」

「どういう意味だ」

「意味も何も……言ってるとおりよ。不正直には不正直という意味しかなかろうぜ」

「さあて、わからんな。父さんをそんなふうに呼んだやつはいない。ワシントンでの父さんを見てみろ。ホワイトハウスには泊まるわ、葬式には副大統領が来るわ。不正直な人間に似つかわしいことか？　なあ、チャールズ、話せよ。何か話したいことがあるんだろう？　僕が帰ってきた瞬間から、おまえは何か話したがってる」

チャールズは唇をなめた。血の気が引いていた。血の気といっしょにすべての活力と猛々《たけだけ》しさも失せたようだった。抑揚のない口調で、「おやじの遺言書がある」と言った。「一切《いっさい》をおれと兄貴に半分ずつくれるそうだ」

アダムは笑った。「じゃ、この農場にはいつまでも住めるわけだ。餓死しなくてすみそうだな」

「十万ドルを超える遺産がある」と、張りのない声がつづけた。

「おいおい、百ドルの間違いだろう。そんな金、どこにあったんだ」

「間違いじゃねえ。軍人会からもらってた給料は月に百三十五ドルだけで、部屋代と食費は自分持ちだった。旅行するときだって、軍人会から出たのは一マイルにつき五セントとホテル代だけだったのに」

「じゃ、最初から持ってた金じゃないのか。僕らが知らなかっただけで」

「違う。最初からあったんじゃねえ」

「ふむ。軍人会に問い合わせてみるか。誰か知ってるだろう」

「おれは気がすすまん」

「おい、早合点はいかんぞ。投機ってものもあるからな。一山《ひとやま》当てる人はたくさんいるし、父さんの場合は知人に大物がいたわけだから、うまい話にのった可能性もある。カリフォルニアのゴールドラッシュで、大金持ちになって戻った連中のことを考えてみろ」

チャールズは打ちひしがれていた。耳を近づけなければ聞きとれないほどの小さな声で、「おやじは一八六二年の六月に連邦軍に入った」と言った。報告でもするような抑揚《よくよう》のなさだった。「このコネチカットで三カ月訓練を受けたから、それでもう九月だ。南部に行って、十月十二日に脚を撃たれ、病院送りになってる。帰郷は翌年一月だ」

「だから？　何を言いたい」

チャールズの声は細く、弱々しかった。「チャンセラーズビルにはいなかったってことさ。ゲティスバーグにも、ウィルダネスにも、リッチモンドにも、アポマトックスにも行ってねえんだ」

「なぜわかる」

「除隊証明書さ。ほかの書類といっしょに送られてきた」

アダムは深く溜息をついた。拳で胸を打ち鳴らしたいほどに、喜びが湧き起こってきた。信じられないというように頭を振った。

「どうやって隠しおおせたんだ」とチャールズが言った。「一体全体どうやって。誰も疑わなかった。兄貴も、おれも、おふくろも。誰一人としてだ。ワシントンにも疑うやつなんていなかった」

アダムは立ち上がった。「何か食べる物はあるか。温めよう」

「昨日の夜、鶏をしめた。待てるなら、あれを揚げるが……」

「もっと早くできるものは？」

「豚の塩漬けだな。卵ならいくらでもある」

「そっちにしよう」

二人はとりあえず問題を忘れることにしたが、もちろん、心の中では考えつづけ、周囲を巡ったり、またいでみたりした。口で無視しながら、心でためつすがめつした。どちらも話し合いたいのに、どちらもそれができずにいた。チャールズは豚肉を揚げ、鍋一杯の隠元豆《いんげんまめ》を煮、卵を焼いた。

「牧草地を畑にしたぜ」とチャールズが言った。「ライ麦だ」

「出来は？」

「いい。石ころを片づけてからはな」そう言って、額にさわった。「石を挺子でこじってて、こうなっちまった」

「手紙に書いてくれたっけな。言ったかどうか忘れたが、おまえの手紙はとてもありがたかったよ」

「その割りに、そっちはあんまり書いてくれなかったじゃねえか……いま何をやってる、とか」

「ああ、考えたくなかったんだと思う。けっこう酷《ひど》いことをしてたからな、たいていは」

「インディアン討伐のことなら新聞で読んだぜ。兄貴も行ったのか」

「うん。それを考えたくなかった。いまでも考えたくない」

「インディアンを殺したのか」

「僕らの部隊も行って、殺した」

「きっと強情な連中だったんだろうな」

「まあな」

「話したくなきゃ、話してくれなくてもいいぜ」

「ああ、話したくない」

二人は石油ランプの下で夕食をとった。「あのランプの火屋、洗えばもっと明るくなるんだが……。そのつもりでいても、忘れちまってな」

「僕がやるよ。あれもこれも一人で考えるのはたいへんだ」

「兄貴が帰ってくれて、これからは楽しくやれそうだ。飯を食ったら、旅籠屋へ行くってのはどうだ」

「さて、どうかな。しばらくは、こうやってすわっていたい気分だが……」

「手紙には書かなかったけど、旅籠屋には女がいるんだぜ。最初はおれも知らなかった。いっしょに行ってみねえか。二週間ごとに交代するんだ。ほんと、知らなかった。一目《ひとめ》見たくねえか」

「女が……？」

「ああ、上の階にいて、だから、ちょっと便利なんだよ。兄貴が帰ったことでもあるし、ひとつ……」

「今夜はやめておこう。また、いつかだ。いくらかかるんだ」

「一ドル。なかなかいい女が揃ってる」

「じゃ、いずれ。しかし、そんな女を旅籠屋がよく泊めるな」

「おれも初めは驚いたが、ちゃんと暗黙の了解があるみたいだ」

「たびたび行くのか」

「二、三週間に一度かな。男の独り住まいは、けっこう寂しくてな」

「女房をもらうつもりだと言ってなかったか」

「ああ、そのつもりだったが、どうも、これというのが見つからなかった」

兄と弟は、肝心な問題の周辺をうろうろした。遅かれ早かれ直面しなければならない問題であるとは、わかっていた。だから、ときおり一歩踏み込もうとする気配も見せたが、たちまち後ずさりして、作物の出来、村の噂、政治や体調の話に逃れた。直面することへの恐れは、アダムよりチャールズに強かったろう。が、チャールズは何週間もこの問題を考えていて、話し合う下準備はできていた。一方、アダムにとってはいきなり突き付けられた問題であり、どう考え、どう感じてよいかもわかっていなかった。できれば後日に延ばしたかったが、弟が許してくれまいとも感じていた。

「あのことは、今晩一晩、ゆっくり寝てから考えてみようじゃないか」と提案はしてみた。

「いいさ、兄貴がそうしたければ」とチャールズも答えた。

だが、逃げ道となる話題がしだいに尽きてきた。知人のあれこれにも村の出来事にも、ひとわたり触れ終わった。会話は間遠《まどお》になり、時間が過ぎていった。

「そろそろ寝るか」とアダムが言った。

「いや、もうちょっと」とチャールズが止めた。

家の外では夜の闇がざわめき、中で押し黙っている二人を突つき、促した。

「おやじの葬式、見たかったな」とチャールズが言った。

「きっと派手なやつだったろう」とアダムが応じた。

「新聞の切抜きを見るか？　全部、部屋にとってあるぜ」

「いや。今夜はいいや」

チャールズは椅子を動かしてテーブルにまっすぐ向き直ると、その上に両肘をついた。「いつかは解決しなくちゃならねえ」と、うかがうように言った。「いくら先へ延ばしたって、いつかは、どうするか考えなくちゃならねえ」

「わかってる」とアダムが言った。「ただ、考える時間がちょっとほしいと思ってな」

「時間があればどうにかなるのか。おれには時間があった。いくらでもあった。なのに、いつまでも堂々巡りだ。考えまいとしてもみたが、堂々巡りは止まらん。時間があれば役に立つと思うか」

「だめかもな。いや、役に立つまい。よし、何から話したい。どうせなら、徹底的にやってしまおう。どのみち、ほかのことなんか考えられやしないんだから」

「まず、金だ」とチャールズが言った。「十万ドルを超える。すごい大金だ」

「その金の何をだ」

「つまり、どこから出た金かってことさ」

「わからんな。僕にわかるわけがない。さっきも言ったとおり、投機の可能性はある。ワシントンで、誰かの儲け話に一口《ひとくち》のったのかもしれない」

「ほんとにそう思うか」

「そう言われると困る。何も知らないんだから、ほんとうか、なんて……」

「なにしろ大金だ。そんな大金がおれたちに遺された。これで一生食ってくこともできるし、どっかに広い土地を買って、農場経営で儲けることもできる。兄貴は気づいてねえみたいだが、おれたちは金持ちなんだぜ。この辺の誰よりも金持ちなんだ」

　アダムは笑った。「まるで有罪判決みたいな言い方だな」

「問題は、どこから来た金か、だよ」

「そんなことは気にせず、のんびり構えて、楽しく暮らすって手もあるぞ」

「ゲティスバーグには行かなかった。戦争の最初から最後まで、どこの戦いにも行かなかった。ただの小競り合いで撃たれたんだ。おやじの言ったことはみんな嘘だった」

「だから？」とアダムが言った。

「おやじはあの金を盗んだんだと思う」チャールズは惨めそうに言った。「兄貴がきくから……おれはそう思う」

「どこから盗んだかわかってるのか」

「いや」

「じゃ、なぜ盗んだとわかる」

「戦争のことが嘘だったからさ」

「えっ？」

「つまり、戦争のことが嘘なら、盗んでたって不思議はねえ」

「どうやって」

「おやじは軍人会に勤めてたんだ。偉い地位にあったから、金庫に手を突っ込めたろうし、帳簿もいじれただろう」

アダムは溜息をついた。「なるほど。そう思うなら、軍人会に手紙を出して、教えてやったらどうだ。帳簿を調べてもらって、おまえの考えるとおりだったら、金を返せばいい」

チャールズの顔が歪み、額の傷痕が黒ずんだ。「副大統領が葬式に来てたんだぞ。大統領が花環を贈ったんだ。馬車の列が半マイルもつづいて、徒歩の会葬者が何百人もあったんだ。誰が棺を担いでたか、兄貴は知ってるのか」

「だからどうなんだ」

「仮に……仮におやじが泥棒だってわかったとする。するとどうなる。ゲティスバーグにもどこにも行かなかったことがわかっちまう。おやじが嘘つきで、一生が嘘の塊だったことがわかっちまう。ときにはほんとのことを言ったかもしれねえのに、それまでも嘘だってことにされる」

アダムは静かにすわっていた。目に動揺の色はなく、眼差しは注意深かった。穏やかな口調で「おまえは、ほんとうに父さんが大好きだったんだ」と言った。解放され、自由になった感じがした。

「大好きだったさ。いまだってそうだ。だから嫌なんだ。おやじの生涯が台無しじゃねえか。墓だってさ……せっかくの墓が掘り返されて、おやじが放り出されるかもしれねえ」言葉が興奮で震えていた。「兄貴はこれっぽっちも好きじゃなかったのかよ、おやじのことがよ？」チャールズは叫んでいた。

「いまのいままで、よくわからなかった。どう思わなきゃってことが先立って、よく見えてなかった。でも、いまわかったよ。ああ、僕は父さんが好きじゃなかった」

「じゃ、どうでもいいんだな。おやじの一生が台無しになったって、死体が掘り返されたって、気にもならんのだ……ああ、神様」

アダムの頭は猛烈に回転し、自分の気持ちを表す言葉を探していた。「僕は気にする必要がない」

「そうだろうさ」チャールズが吐き捨てた。「好きじゃなかったんならな。ついでに、おやじの面《つら》を蹴飛ばしてやるか」

この弟はもう危険ではない……アダムにはそれがわかった。もう嫉妬に狂う必要がない。だから、危険ではない。父親のしたことの重さを一身に引き受けなければならないが、それはいまや弟だけの父親になった代償で、しかたがない。もう、誰も弟から奪い去ることのできない父親になったのだから。

「みんなに知れ渡ったら、町中を歩くときどんな気がすると思う。どう顔向けしたらいいんだ」

「言ったろう、僕は気にしない。気にする必要がない。だって、そんなことを信じないからな」

「信じないって、何を？」

「父さんが金を盗んだなんて信じない。戦争中、父さんは言っていたとおりのことをやったと信じるし、いたと言ったところにいたと信じる」

「でも、証拠は……あの除隊証明書はどう説明する」

「父さんが盗んだって証拠はあるまい。金の出所がわからないから、おまえが勝手に想像しただけじゃないか」

「軍隊関係の書類は……？」

「間違ってるのかもしれない。僕は、間違っていたと信じるね。父さんを信じる」

「どうして信じられるんだ」

「いいか」とアダムは言った。「神が存在しないという証拠はかなり強力だ。しかし、多くの人にとって、神は存在する。信じる気持ちのほうが証拠より強いんだ」

「でも、兄貴は、おやじが嫌いだって言ったじゃねえか。嫌いなのに、どうして信じられる」

「たぶん、だから信じられる」アダムは手探りするように、ゆっくりと言葉をつづけた。「もし大好きであってみろ、もう疑心暗鬼だ。昔のおまえがそうだった。愛情ってのは、きっと人を疑り深くするんだろう。女が好きになると、目が見えなくなるっていう。相手の気持ちがわからなくて、自分に自信がなくなって、何も見えなくなる。おまえがどんなに父さんが好きだったかは、取り乱しぶりでよくわかるよ。父さんも同じだったのかもしれない。僕は父さんが好きじゃなかった。父さんは好いてくれたのかもしれない。父さんが僕をためして、痛めつけて、罰して、最後には生贄《いけにえ》みたいにして軍隊へ送り込んだのは、きっと何かを確かめたかったんだろう。父さんはおまえをかわいがらなかった。ってことは、おまえを客観的に見て、信頼してたんだな、きっと。こいつは皮肉な関係だ」

チャールズはアダムを見つめた。「理解できん」と言った。

「僕も、いまわかろうとしている。僕にも新しい考えなんだよ。僕はいま気分がいい。生まれてからこの方、こんなに気分がよかったことはないかもしれない。憑《つ》きが落ちたみたいだ。いまのおまえみたいな気持ち、いつかは僕自身が感じるようになるのかもしれないが、いまは違う」

「おれにはわからん」とチャールズがまた言った。

「僕は父さんが泥棒じゃなかったと思う。僕は父さんが嘘つきじゃなかったと信じる」

「しかし、書類が……」

「僕は書類なんて見ない。父さんへの信頼に比べたら、書類なんてどうってことない」

チャールズは重い溜息をついた。「じゃ、兄貴はあの金を受け取るのか」

「もちろん」

「おやじが盗んだ金でも？」

「父さんは盗まなかった。盗めたはずがない」

「どういうことなのか、わからん」とチャールズが言った。

「わからん？ どうも、ここのところが全体の核心かもしれない。なあ、チャールズ、僕はいままでこれを口にしたことがないが、おまえ、覚えているか。僕が軍隊に入る直前、おまえにぶちのめされたことがある」

「ああ」

「そのあとのことはどうだ。おまえは手斧を持って、僕を殺しに戻ってきた」

「よく覚えてねえ。きっと頭がどうかしてたんだ」

「あのときはわからなかったが、いまならわかる。おまえは父さんへの愛を賭けて戦ってたんだ」

「おやじへの愛?」

「そうだ」とアダムが言った。「その金は僕らで上手に使おう。ここにとどまるもよし、カリフォルニアかどこかへ行くもよし。これからどうするか、よく考えてみよう。もちろん、その前に父さんの碑を——それも、でかいやつを——建てなくちゃならない」

「おれはここから離れられそうにねえ」とチャールズが言った。

「まあ、どういうことになるか様子を見よう。急ぐことはない。成り行きしだいだ」

第八章

1

この世では、人間の親に怪物が生まれることがある。私はそう信じている。形が異様だったり、見た目に恐ろしかったりすれば、すぐにそれとわかる。頭が巨大、体が矮小《わいしょう》、腕や脚がない、など。逆に、腕が三本もあるとか、尻尾がある、口の位置が変、などの場合もある。これは、昔なら何かの罰《ばち》があたったと言われたのだろうが、単なる事故であり、誰の責任に帰せられるものでもない。

生まれながらの肉体的怪物はある。では、生まれながらの知的・精神的怪物というのはどうだろうか。遺伝子の歪みや卵の異常から肉体的怪物が生まれるなら、同様にして、五体は満足でも魂の畸形《きけい》が生まれることもあるのではなかろうか。怪物とは、程度の差こそあれ、正常形からのずれだ。片腕のない子が生まれるなら、親切心や良心の種を持たない子が生まれても、少しも不思議ではなかろう。

もともとあった腕を事故でなくした人は、腕のない状態に慣れるのに苦労する。だが、生まれながらに腕のない人には、その苦労がない。もともとないのだから、腕があった状態を懐かしみようがなく、苦労といえば、周囲の奇異の眼差しに悩まされることだけだろう。翼があったらどんなだろうとは、誰でも小さい頃に考える。だが、どう想像力を働かせても、もともと翼を持っている鳥と同じ感覚が得られるとは誰も思うまい。誰にとっても自分こそが正常である。それは怪物も同様であり、怪物には、われわれの正常こそ怪物的に見えるに違いない。精神的怪物の場合は、目で見て他と比べるものがないだけにわかりにくいが、生まれつき良心を持たない人には、良心の呵責《かしゃく》など滑稽《こっけい》の一語だろうし、罪人には、正直がばかばかしく思えるかもしれない。怪物は正常からのずれ。怪物には、われわれの正常こそ怪物的に見えることを忘れてはならない。

キャシー・エイムズはある性向を持って（あるいは欠いて）生まれ、その性向（の欠如）に支配され、突き動かされながら一生を送ったのだと思う。バランスホイールの重さやギアの比率が微妙に狂っていた。ほかの人とどこか違い、その違いは、生まれたときにすでにあったと思う。障害者は欠けた部分を訓練で補い、限られた分野では健常者以上のこともできるようになる。キャシーも同様だった。生まれつきの違いを利用して、世界に波風をたて、周囲に苦痛と困惑をもたらした。

キャシーのような娘は、昔なら悪魔憑きと呼ばれたのかもしれない。悪魔払いが行われ、何度やっても悪霊を追い出せないとわかったとき、村を守るという名目で、魔女として焼き殺されたかもしれない。魔女には、人を悲嘆にくれさせ、不安で居ても立ってもいられなくし、妬《ねた》み心さえ起こさせる力があると信じられていた。その力だけは、どうしても許してはならないものとされた。

キャシーがあどけない顔つきに生まれついたのは、自然がひそかに仕掛けた罠だったのだろうか。金色の髪が愛らしく、榛《はしばみいろ》色の目が左右やや離れていて、垂れ気味の上瞼《うわまぶた》が顔全体を不思議に眠たげに見せていた。鼻は細く優美で、頬骨は高く広く、その頬骨から小さな顎にかけてなだらかな曲線が流れて、ハート形の顔を作っていた。形のよい口に、ふっくらとした唇。口全体が異常なほど小さく、かつて「薔薇の蕾《つぼみ》」と呼ばれていたのはこういう口かと思わせた。耳も小さく、しかも耳たぶがなかった。外に突き出さず、薄い膜のように頭にぴったり沿っていたから、髪の毛を上にまとめていても、正面からは耳の輪郭が見えなかった。

キャシーは、成長しても子供の体形を保ちつづけた。ほっそりして、腕も手も華奢《きやしや》。

とくに、手は小さかった。胸もあまり発達せず、発達どころか、思春期直前の十歳の年には乳首が陥没して痛み、母親がそっと揉んで、引っ張り出してやらなければならないことがあった。腰が細く、脚がすんなり伸びている体は、少女というより少年の印象だった。ただ、足首もやはり細くてまっすぐだったが、こちらには華奢な感じがなかった。その足首からつづく足は、小さく、丸く、やや寸詰まりで、甲は肉付きもよく、全体として小さな蹄《ひづめ》のようにも見えた。かわいい少女は、美しい女性に成長した。声は柔らかくかすれ、ささやかれれば抵抗できない甘さがあった。反面、必要とあれば、やすりのように切り裂く声も出せたのだから、喉には鋼鉄の芯が通っていたに違いない。

子供の頃から何かがあった。人は何気なくキャシーを見て、そのまま他へ視線を移動させるが、直後、なぜか違和感にとらえられ、視線を再びキャシーに戻す。確かに目から何かがのぞいていたような気がするのだが、見直すともう何もない。動きが穏やかで、口数も少ない子だった。だが、部屋に入っていくと、その場の全員が必ず振り向いた。

違和感といっても、立ち去りたくなるような不快さではない。むしろ、もっとよく見ようとし、近づこうとし、いったいこの子の発散する何が気になるのかを知ろうとする。キャシーの行くところ、どこでも周囲は同じ反応を返したから、キャシーにはそれが普通のことであり、とくに奇異には感じなかったろう。

普通の子とはいろいろな面で違っていた。なかでも決定的な違いは、仲良しグループに依存しなかったことだろうか。普通の子は、周りと違うことを嫌う。外見も、話し方も、服装も、振る舞いも、周囲とまったく同じであろうとする。流行のドレスがいくらみっともなくても、そのみっともなさを身に着けられないのは、子供にとって苦痛だ。豚肉のネックレスがはやれば、首に豚肉を巻いていない子は悲しい。子供はグループに従属する。その従属性はすべての遊びに現れ、社会的であれ私的であれ、すべての行為に浸透している。いわば保護色のようなもので、子供は身の安全をそれに頼る。

キャシーだけは違った。服装でも行動でも、他に合わせることがなかった。着たいものを何でも着て、その結果、ほかの子供たちがキャシーをまねることになった。だが、キャシーが成長するにつれ、グループの子供たちも大人と同じことを感じはじめた。キャシーにはどこか異質のところがある……。キャシーとの付き合いは、しだいに個人のレベルに限られるようになり、グループ全体としては、正体不明の危険な臭いを感じさせるキャシーを避けるようになった。

キャシーは嘘つきだった。もちろん、子供というものはよく嘘をつく。想像の中にある何かを物語ろうとし、それを真実らしく見せたくて、真実として語ってしまう。だが、キャシーの嘘は、そんな白昼夢のような嘘、単なる外的現実からの遊離とは質が違った。物語と嘘の違いは何だろうか。物語は、真実に付随する飾りや外見に注目し、聞き手・話し手双方のためにそれを脚色する。物語ることには損も得もない。一方、嘘は利益や逃避を第一の目的とする。まあ、この定義に厳密に従えば、物語の書き手だって、たまには金銭的幸運に恵まれたいと願っているのだから、嘘つきと言えないこともないが……。

キャシーの嘘にはいつも邪気があった。罰を免れ、仕事をさぼり、責任から逃れるための嘘であり、自分を利するための嘘だった。たいていの嘘つきは、どこかでぼろを出す。前についた嘘を忘れ、逃れようのない真実を突きつけられる。だが、キャシーは自分の嘘を忘れなかった。しかも、できるだけ真実に沿って嘘をつくという巧妙さがあって、それが真偽の見分けをつきにくくしていた。ほかにも二通りの嘘のつき方を心得ていた。一つは真実のところどころに嘘を埋め込むことであり、もう一つは真実を語りながら、それを嘘のように見せかけることである。嘘だと思ったら、実はほんとうだった――そういうことが一度あると、周囲にはかなり強烈な印象として残る。その効果は長続きして、薄れるまでにいくつもの嘘を暴露から守る。キャシーは一人っ子だった。比べる兄弟姉妹がおらず、母親は、子供とはみなキャシーのようなものだと思っていた。世の親は何かにつけて子の心配をするから、母親はそれを見て、どこの母親も自分と同じ問題を抱えているのだと思い込んでいた。

父親は、母親ほど楽天的でなかった。マサチューセッツ州のある町で小さななめし革工場を経営していた。一所懸命に働き、放縦《ほうじゅう》に陥らずにいることで、まずまず困らない暮らしができていた。外で働き、他家の子供に触れる機会もある父親の目には、キャシーがどこか変わっていると映った。だが、それは言葉にならない漠然とした感じであり、確かに娘に不安を抱いてはいたが、どこがどうと問われても、答えることはできなかったろう。

人間は、さまざまな欲望や衝動を隠し持っている。一皮《ひとかわ》むけば、感情の地雷、我欲《がよく》の列島、劣情の沼が露出する。ほとんどの人はそれを隠していて、自分一人のときだけこっそり抑制を緩める。人が心の奥底に持つそうした衝動を、キャシーは知っていた。そして、自分のためにそれを利用するすべを心得ていた。ひょっとしたら、人間には隠すべき欲望や衝動しかないと思い込んでいたのかもしれない。ある方面には異常なまでに敏感でありながら、他方面にはまったく疎い娘だったから、ありえない話ではない。

キャシーはごく幼い頃に性というものを知り、憧れと痛み、嫉妬とタブーをともなうその性が、人間にとって最も厄介《やっかい》な衝動であることを学んだ。当時の性は、口にしてはならず、口にされることのない話題だっただけに、厄介さは今日《こんにち》の比ではない。誰もが性という小さな地獄を内に秘めながら、公の場では、それが存在しない振りをしていた。万一、その地獄に遊ぶところを見つかりでもしたら、その人はもう無力。身の置き所もなくなる。人間のこの部分を巧みに操り、利用すれば、相手を支配し、その支配を維持できる……そうキャシーは悟った。性は武器であり、それを用いた脅しに抵抗は不可能、と。ところが、キャシー自身は、性にまつわる弱点を人目にさらしたことがない。たぶん、自身は性的衝動をほぼ欠いていて、そんな衝動に支配される人々を軽蔑していたのだろう。

確かに、ある意味、人間は軽蔑に値する。絶えず性によって欺《あざむ》かれ、たぶらかされ、虜《とりこ》にされ、責められる人間。それがなければ、どれほどの自由を手に入れられることだろうか。が、もちろん、その自由には欠点が一つある。性なしでは、人間が人間でなくなり……そう、怪物になることだ。

十歳で、キャシーは性的衝動の力を垣間見た。そして、その力を冷静に試しはじめた。すべてを冷徹に計算し、困難を予見して、それへの対応を準備した。

子供のお医者さんごっこは、いつの時代にもあった。普通の男の子なら誰でも、どこかのほの暗い茂みに女の子と入ったことがあるだろう。あるいは、馬小屋か、しだれた柳の下か、道路の下を通る暗渠《あんきょ》だったかもしれない。少なくとも、そうした情景を夢想したことはあるだろう。ほとんどの親は、遅かれ早かれ子供のお医者さんごっこに直面する。そんなとき、親が自分の子供時代を思い出してくれれば、その子は幸運だが、キャシーが子供だった頃、そうした幸運は現在よりいっそう望みにくかった。自分の思い出さえ否定するのに躍起《やっき》になっている親は、子供にそれを見出したとき、顔を引きつらせた。

2

春の朝。日の光を浴びて直立する若草にはまだ露が残り、黄色い蒲公英《たんぽぽ》が、地中に忍び込んだ暖かさに押し上げられるように背を伸ばしていた。キャシーの母親は、物干し綱に洗濯物を吊るし終えた。エイムズ家は町外れにあって、家の背後には納屋と馬車置き場がある。ほかに、野菜畑と、二頭の馬を放しておく小さな囲い地もあった。

エイムズ夫人は、先刻、キャシーが納屋のほうへ歩いていくのを見たような気がした。呼んでみたが返事がなく、勘違いだったかしら、と思った。そのまま家の中に戻ろうとしたとき、馬車置き場からくすくす笑いが聞こえてきた。「キャシー」と夫人はまた呼んだ。今度も返事がなく、急に胸騒ぎを覚えた夫人は、さっきのくすくす笑いを心の中で再生してみた。キャシーの声ではなかった。キャシーはくすくす笑いなどしない。

親が不意に恐怖に襲われるのはなぜだろうか。もちろん、理由もなく不安に駆られることは誰にでもある。だが、一人っ子の親にとくに多いということはないだろうか。この子を失ったら……そういう悪夢を、常日頃、心でなぞっているからではなかろうか。

エイムズ夫人は身動きせず、耳を澄ました。聞こえてくるのは秘密めいたひそひそ声。夫人は馬車置き場に急いだ。観音開きの戸が閉じていて、つぶやくような声は確かにその内側から聞こえてくる。だが、そこにキャシーの声はない。急いで最後の一歩を踏み出し、戸を両側に引き開けた。明るい日の光が戸口からなだれ込み、そこで見た光景に、夫人は口を開いたまま凍りついた。スカートをまくり上げたキャシーがいる。腰まで素っ裸で床に寝ている。横に十四歳くらいの少年が二人、膝をついている。突然の光に、少年たちも身動きできずにいた。キャシーの目は恐怖で虚ろだった。夫人はその少年たちを知り、親を知っていた。

突然、一人の少年が跳ね上がり、エイムズ夫人のわきをすり抜けて、家の向こうへ走り去った。逃げ遅れた少年はじりじりと後ずさりし、夫人から遠ざかろうとしていたが、一声《ひとこえ》叫ぶと、一転、戸口に突進した。夫人は捕まえようと手を伸ばした。が、指が少年の上着に滑った。少年は外に逃れ、足音が走り去っていった。

エイムズ夫人はしゃべろうとしたが、小さなかすれ声が出ただけだった。「立って」と言った。

キャシーは表情のない目つきで見返すばかりで、動こうとしなかった。手首が太いロープで縛られているのが見えた。夫人は何やら金切り声をあげ、倒れ込むように床にしゃがむと、ロープをほどきにかかった。娘を家に運び込み、ベッドに寝かせた。

かかりつけの医者が呼ばれ、キャシーを診察した。手荒なことをされた形跡は見つからず、「奥さん、ちょうど間に合ったことを神に感謝せねばなりませんな」と、エイムズ夫人に何度も繰り返した。

長い間、キャシーは口をきかなかった。ショックのせいだ、と医者は言ったが、ショックが収まっても、キャシーは馬車置き場でのことをしゃべろうとしなかった。誰かが何かを尋ねると、白目が全部見えるほど大きく目を見開いた。呼吸が止まり、体が硬直した。息を止めるのに力が入るからか、頬が赤くなった。

少年たちの親との話し合いには、ウィリアムズ医師も同席した。その席で、エイムズ氏はほとんど口をきかなかった。手に、キャシーの手首に巻かれていたロープがあり、目に困惑の色があった。あえてその場には持ち出さなかったが、解《げ》せない点がいくつもあった。

極度の興奮が鎮まったとはいえ、エイムズ夫人のヒステリー状態はつづき、そのヒステリー状態から、舌なめずりをした悪魔が顔をのぞかせていた。夫人は現場にいて、目撃した。夫人こそ最終的権威。その権威が血を要求した。罰を、と、ある種の快感の中で迫った。この町を、この国を、守らなければなりません。今回は神のご加護で間に合いました。でも、次は？　間に合う保証などありません。世のお母様方はどうお感じでしょう。キャシーはまだほんの十歳……。

当時、鞭は美徳をもたらす道具、と本気で信じられていて、罰はいまよりずっと厳しかった。最初は一人ずつ、次に二人いっしょに、少年たちは鞭で打たれた。皮膚が裂けるまで打たれた。

二人は酷い罪を犯した。だが、二人のついた嘘はそれに輪をかけた酷さで、鞭でさえ追い出せない悪を思わせた。最初から荒唐無稽《こうとうむけい》の弁解だった。すべてはキャシーが言い出したことです、と二人は言った。五セントずつでいいからって誘われて……。いいえ、手なんて縛ってません。そういえば、キャシーがロープをいじっていたのは見た覚えがありますけど……。

「じゃ、キャシーが自分で手を縛ったって言うの？　十歳のあの子が？」エイムズ夫人が真っ先に言い、町中が異口同音《いくどうおん》に繰り返した。

最初から罪を認めていたら、少年たちは罰の一部を免れたかもしれない。だが、二人は否定した。それは二人の父親を激怒させ、鞭を振るう腕にいっそう力を込めさせた。町全体も激怒した。二人とも、それぞれの両親の同意のもとに感化院に送られた。

「今度のことは、昼も夜もあの子の頭から離れません」とエイムズ夫人は隣人たちに語った。「口に出せれば、たぶんよくなると思うんです。でも、わたしが少しでもきこうとすると……またあの場に戻ったみたいになって、ショックを起こすんですよ」

エイムズ夫妻は二度とキャシーにその話をしなくなった。事件は封印され、エイムズ氏を悩ませていたいくつかの疑問も、すぐに忘れ去られた。もし……もし二人の少年が無実の罪で感化院送りになったのだとしたら、エイムズ氏にはとても寝覚めの悪いことだったろうから。

キャシーがショックから回復したあと、子供たちはしばらく遠巻きに様子を見ていたが、やがて、どうしても気になるこの存在に再び近寄りはじめた。女の子の十二、三歳といえば、好きな男子の一人や二人いて不思議のない年齢だが、キャシーにはそういうことがなかった。男子の側にも、仲間のからかいを恐れず、放課後キャシーといっしょに帰ろうとするような大胆者はいなかった。だが、キャシーの発散する不思議な力は、男子にも女子にも確実に作用していた。人気《ひとけ》のない場所でばったり出くわしたようなとき、男の子は理解も抵抗もできない力でキャシーに惹きつけられた。

低い声でそっとしゃべるその可憐な娘は、よく一人だけで長い散歩に出かけた。途中、木立からふらっと男の子が現れ、キャシーに出くわすという偶然がよくあった……というより、そういう偶然のないことがまれだった。そんなとき、キャシーは何をしたのだろうか。いろいろな噂がひそひそと交わされたが、正確なところは誰も知らない。何があったにせよ、不確かな噂しか聞こえてこないということ自体が異常だった。どんな秘密であれ、牛乳にクリームの膜が張るまでにはもう秘密でなくなっているという時代だったから。

キャシーは小さく微笑むことを――微笑みになる一歩手前の表情を作ることを――

覚えた。一人でいる男の子に対し、視線を横から下へそらし、秘密の共有を誘いかけるすべも覚えた。

エイムズ氏の心に新しい疑いが湧いたが、氏はそれを胸の底に押し込み、そんな考えをちらとでも抱いたことを恥ずかしく思った。キャシーは路上で驚くほど運がよく、実に多くの拾い物をした。純金のチャーム、お金、小さな絹の財布、ルビーらしき赤い石をはめ込んだ銀の十字架……。父親は、この十字架を週刊紙《クーリア》の拾得物欄に出したが、持ち主は名乗りでてこなかった。

ビル・エイムズ氏はもともと内向的な人で、心に思うことをめったに口にしなかった。いまさらしゃしゃり出て、ご近所の視線を一身に浴びるようなことをする気はなく、小さな疑惑の炎を自分の胸だけに秘めておくことにした。何も知らないほうがよい。そのほうが安全だし、賢い。はるかに気楽でもある。一方、母親はすでに娘の手の内にあった。キャシーの話す嘘、歪められた真実、あれこれのほのめかしが半透明の繭《まゆ》を作り、その中にすっぽり取り込まれていた。たとえ真実が目の前にあっても、それが真実とはわからなかったろう。

3

キャシーは、ますます愛らしく成長していった。きめの細かい輝くような肌、金色の髪、左右離れ気味で、慎ましやかながら何かを約束するような目、愛らしい小さな口。それが人々の視線を惹きつけ、そらさせなかった。初等学校八年間の課程を終えたとき、成績があまりによくて、両親はキャシーを小さな中等学校へ通わせることにした。当時、女子が勉学をつづけることは異例だったが、キャシーは教師になりたいと言い、これが両親を喜ばせた。善良ながら金持ちではない家庭の子女には、教師こそ唯一の尊敬される職業であり、娘が教師になることは親の名誉でもあった。

中等学校に入ったキャシーは十四歳。親には常に大切な子だった。だが、こうして代数やラテン語という稀有《けう》な学問の世界に行かれてみると、娘がまるで雲の上の人になったように思えた。親はもうついていけない。両親は娘をなくした。娘が別次元に行ってしまったような気がした。

ラテン語の教師は、思いつめたような青白い顔をした青年だった。中等学校につきものの文法、カエサル、キケロを教えるだけの教養は十分にあったが、神学校を落第していて、胸中に敗北感を抱きつづけ、口数が少なかった。心の奥底で、自分は神に拒否され、その拒否には正当な理由があったのだろう、と感じていた。

そのジェームズ・グルーに、あるとき炎が宿った。目の光が力強くなったことには周囲も気づいたが、キャシーといるところを見た人はなく、二人の関係に思い至る人は誰もいなかった。

ジェームズ・グルーは男らしくなった。軽い足取りで歩き、鼻歌を歌った。じつに説得力のある手紙を書き送り、それを読んだ神学校の理事たちは、グルーの再入学を前向きに考えるようになった。

だが、炎はやがて消えた。張っていた胸がしぼみ、そびやかしていた肩がしょんぼり垂れ落ちた。目は熱にうかされたように虚ろになり、手がひくひくと痙攣《けいれん》した。夜、教会でひざまずき、祈りに唇を動かすグルーが見られるようになった。病気を届け出て学校を休みながら、町の向こうの丘を一人で歩き回っている姿が目撃された。

ある夜遅く、グルーはエイムズ家のドアをノックした。エイムズ氏はぶつぶつ言いながらベッドから起き上がり、蠟燭《ろうそく》に火をともすと、寝巻きの上に外套《がいとう》をはおって戸口に出た。目の前に、取り乱して、ただならぬ気配のジェームズ・グルーが立っていた。目が異様に光り、体がひどく震えていた。

「ぜひお話ししたいことがあります」と、しゃがれた声で言った。

「真夜中過ぎですぞ」エイムズ氏の口調は厳しかった。

「二人だけでぜひ。何か着て、外へ出てくださいませんか。どうしてもお話ししたいことがあります」

「君、酔っ払っているのか、病気なのか。うちへ帰って少し眠りなさい。もう真夜中を過ぎているんだ」

「もう待てません。どうしてもお話ししなければ……」

「朝になったら工場へ来たまえ」足元もおぼつかない来訪者に、エイムズ氏はそう言って、ぴしゃりとドアを閉めた。しばらくドアの内側に立って様子をうかがっていると、「待てない。もう待てない」とわめく声がして、やがて、引きずるような足音がポーチの階段をゆっくり降りていった。

エイムズ氏は蠟燭を片手で囲い、光が目に入らないよう遮《さえぎ》りながらベッドに戻った。キャシーの部屋のドアが音もなく閉じたような気がしたが、玄関の飾りカーテンも動いたように見えたから、きっと、ちらつく蠟燭の火に目がだまされたのだろう。

「いったい何ですの」戻ってきた夫に妻が尋ねた。

「酔っ払いだ」とエイムズ氏は答えた。なぜそう答えたのか自分でもわからなかったが、たぶん会話を長引かせたくなかったのだろう。「家を間違えたらしい」

「まったく、なんて世の中かしら」と夫人が言った。

エイムズ氏は火を消して、横になった。暗闇に、蠟燭の炎の残像が緑色の円のように見えた。脈動しながら渦を巻くその円の中に、必死で訴えるジェームズ・グルーの目があった。エイムズ氏は長いあいだ寝つけなかった。

翌朝、町中を噂が駆け巡り、途中であちこち歪められ、尾鰭《おひれ》がついた。だが、午後になると一部始終が明らかになった。祭壇前の床にジェームズ・グルーが長々と伸びているのを、寺男が発見したのだという。頭の上半分が吹き飛んでいた。傍らにショットガンがあり、その横に棒切れが転がっていた。どうやら、この棒切れで引き金を押したらしい。祭壇にあった燭台が死体近くの床の上に移動し、三本の蠟燭のうち一本だけに火がつけられて、それがまだ燃えていた。ほかに、床には二冊の本――賛美歌集と祈禱書――が積み重ねられていて、寺男の推理では、ジェームズ・グルーはこの二冊の本に銃身をのせ、自分のこめかみと同じ高さになるようにしたのだろうという。そうやって引き金を押した。発砲の反動で、ショットガンが本から転がり落ちた。

何人もの人が、朝早く爆発音を聞いたことを思い出した。確か、まだ日が昇る前だった……。遺書はなく、ジェームズ・グルーがなぜそんなことをしたか、誰にも見当がつかなかった。

検屍官のもとへ行こうか、とエイムズ氏は衝動的に思った。昨夜の訪問者のことを話したほうがいいのではなかろうか……。だが、話してどうなる、とすぐに思い直した。何かを知っているならともかく、何一つ事情を知らないのだから……。胃の辺りに吐き気のような不快な感覚があった。私が悪いのではない、と繰り返し自分に言い聞かせた。どうしようがあったんだ。何の用事で来たのかさえ知らない……。エイムズ氏は罪の意識にとらわれ、惨めだった。

夕食のテーブルで、夫人がグルーの自殺を話題にし、エイムズ氏は食欲をなくした。キャシーは静かにすわっていた。が、静かなのはいつものことだ。上品に少量ずつ口に運び、たびたび唇をナプキンで拭った。

夫人は、死体と銃について事細かに語った。「そうだわ、これを聞いておかなくちゃ」と言った。「うちに来た昨夜の酔っ払い。あれ、グルー先生だったってことはないのかしら」

「違う」エイムズ氏は即座に否定した。

「ほんとうに？　暗かったのに見えたんですの？」

「蠟燭を持っていたんだぞ」とエイムズ氏は強い口調で言った。「似ても似つかん。大きな鬚をはやしていたし」

「そんなに嚙みつかなくてもいいでしょうに。ただ、どうかしらと思っただけなんですから」

キャシーは口を拭い、ナプキンを膝の上に戻した。顔に笑みがあった。

夫人は娘のほうを向いた。「学校で毎日お見かけしていたんでしょう、キャシー？最近、悲しげだったとか、そういうご様子はなかったの？　何か今度の……その、つながるようなことは」

キャシーは皿に視線を落とし、すぐに上を向いて「ご病気だったと思うの」と言った。「調子が悪そうだったから。学校中、今日はその話で持ち切りよ。誰かが――誰だったかしら――言ってたわ。グルー先生はボストンに何か心配事がおありだったって。どんな心配事だったのかしらね。グルー先生って、みんなに好かれていたのに……」そう言って、また上品に口を拭った。

これがキャシーのやり方だった。翌日、日が暮れるまでには町中が知っていた。ジェームズ・グルーはボストンに心配事があったらしい……。それがキャシーの作り話だとは誰も知らず、エイムズ夫人でさえ、誰から聞いた話だったかをもう忘れていた。

4

十六歳の誕生日を過ぎた頃、キャシーの様子が変わった。ある朝、学校へ行く時間なのに起きてこず、母親が部屋に行ってみると、まだベッドにいて、じっと天井をにらんでいた。

「早くなさい。もう九時よ。遅れますよ」と母親が言った。

「わたし、行かない」キャシーの言葉には抑揚がなかった。

「具合が悪いの？」

「べつに」

「それなら早く。さ、起きなさい」

「わたし、行かない」

「やはり具合が悪いのね。いままで一日も休んだことがないのに」

「学校へは行かない」キャシーの口調は落ち着いていた。「もう行くのをやめる」

母親の口がぽかんと開いた。「それはまたどういう意味？」

「学校をやめる」そう言ったまま、キャシーは天井をにらみつづけた。

「そう。お父さんが何とおっしゃるか見物《みもの》だわ。これだけ苦労して、お金もかけて、あと二年で卒業証書がもらえるというときに……」母親はベッドに歩み寄り、声を低くして「まさか、結婚なんて考えているんじゃないでしょうね」と言った。

「まさか」

「そこに隠してる本はなに？」

「隠してなんかいないわよ。ほら、これ」

「あら『不思議の国のアリス』。こんなものを読むにはもう大きすぎるんじゃないこと？」

「わたしね、お母さんに見えないくらい小さくなれるのよ」

「何をばかなこと言ってるの」

「誰もわたしを見つけられない」

「冗談はやめなさい」母親の口調は怒っていた。「何を考えているのやら。夢物語もけっこうだけど、この先、いったいどうするつもりなの」

「まだわからない。でも、家を出ると思う」

「じゃ、そうやってそこに寝て、いつまでも夢を見てるといいわ。お父さんが帰ったら、きっと一言二言《ひとことふたこと》あると思うから」

キャシーの頭がゆっくりと回転して、母親のほうを向いた。その目には表情がなく、ただ冷たかった。エイムズ夫人は、突然、この娘が怖くなった。そっと部屋を出ると、ドアを閉め、台所に戻って、腰をおろした。一方の手を反対の手で包み込むようにして膝の上に置き、窓越しに、風雨に傷んだ馬車置き場をじっと見つめた。

娘がいつしか見知らぬ人になっている。あの子は、わたしの手に負えなくなりつつある。躾《しつけ》のためにわたしに託された手綱が、この指から滑り落ちようとしている……。親には遅かれ早かれそういう瞬間が来るものだろう。だが、エイムズ夫人は知らなかった――一度としてキャシーが手に負えたためしなどないことも、自分がキャシーにいいように利用されていただけだったことも……。しばらくして、夫人はボンネットをかぶり、夫の工場に出かけていった。夫には、家から離れた場所で話したかった。午後になって、キャシーはふらりとベッドから起き出すと、そのまま鏡の前にすわり、そこで長い時間を過ごした。

その日の夕方、エイムズ氏は娘にお説教をした。そんな役回りが嫌で嫌でしかたがなかったが、義務と責任、娘から親への当然の愛情について語った。だが、言いたいことをあらかた言い終えた頃、娘がまるで聞いていないことに気づいた。エイムズ氏はかっとなり、思わず脅しの手段に出た。子は親に服従するものだ、と言った。親には神から授かった権威があり、その権威は州法によって裏打ちされている……。そう言われて、娘は父親に注意を向けた。まっすぐ向き直り、口もとにかすかな笑みを浮かべたまま、ほとんど瞬き一つせずに父親の目を見つめた。父親はその視線に堪えきれず、思わず目をそらせ、そのことでいっそう怒りを募らせた。ばかなまねはやめなさい、と命令した。言うことをきかなければ……と口を濁《にご》しながら、鞭が待っていることをほのめかした。

そして、弱々しくこう締めくくった。「父さんに約束しておくれ。明日の朝は学校へ行くね？　もう、ばかなまねはしないね？」

キャシーの顔は無表情だった。一文字に結ばれていた小さな口を開き、「わかりました」と言った。

その夜遅く、エイムズ氏は無理に作った自信ありげな口調で、「要するに、少し怖いところを見せればいいのだ」と妻に言った。「これまで甘やかしすぎたのかもしれん……ま、いい子だったしな……この家で誰が偉いのかを忘れたんだろう。少しぐらいの厳しさは害になるまい」そう言いながら、自分の言葉を信用しきれずにいた。

翌朝、キャシーが消えていた。麦藁《むぎわら》作りの旅行用バスケットと、いい服が何着かなくなり、ベッドがきちんと整えられていた。住む人の個性の感じられない部屋だった。キャシーは人形で遊んだことがない。絵もなく、思い出の品もなく、成長する過程で堆積するはずのがらくたが何もなくて、一人の女の子がこの部屋で育ったとはとうてい思えなかった。その部屋にはキャシーの痕跡がなかった。

エイムズ氏は、それなりに頭の働く男だった。すぐに山高帽をかぶると、駅へ急いだ。駅長は、はい、確かに、と言った。キャシーさんは朝一番の汽車に乗りました。買ったのはボストン行きの切符です……。エイムズ氏は駅長に手伝ってもらいながらボストン警察宛に電報を打ち、打ち終わると往復切符を買って、ボストン行き九時五十分の列車に乗った。危機的状況だったが、エイムズ氏の行動は冷静で沈着だった。

その夜、エイムズ夫人はドアを閉めきって台所にすわっていた。顔面は蒼白。両手は体の震えを止めようと、テーブルの端を握り締めていた。固く閉めてあるはずのドアなのに、音が素通りしてきた。最初に叩く音、つづいて上がる悲鳴……。

エイムズ氏は鞭をうまく扱えなかった。これまで使ったことがないのだからしかたがない。馬車用の鞭でキャシーの脚を引っぱたいたが、娘は何も言わず立ちつづけ、ただ静かな冷たい視線を父親に投げていた。その様子がエイムズ氏を怒らせた。泣きもしない娘にかっとなり、それまで恐る恐る当てていた鞭を、娘の脇腹へ、肩へ、本気で振り下ろしはじめた。鞭が肌を嚙み、切った。怒りで手許が狂い、何度も的を外したり、狙いが近すぎて鞭が娘の体に巻きついたりした。

キャシーは、たちまち要領を呑み込んだ。父親の心を見抜き、頭の中を読んだ。そして、大声で悲鳴をあげ、身をよじり、泣き、懇願した。たちまち打撃が軽くなるのを感じて、成果のほどに大いに満足した。

エイムズ氏は、自分の手が作り出している騒音と苦痛におびえ、打つことをやめた。キャシーがベッドに倒れ込んだ。すすり泣いてはいたが、エイムズ氏に娘の顔が見えていたら、目には涙など一滴もないことがわかっただろう。首が緊張で強張《こわば》り、固く噛み締めた顎の筋肉が、こめかみの下に瘤《こぶ》のように盛り上がっていた。

「どうだ、懲りずにまたやるか、今日みたいなことを」と父親が言った。

「いやよ、いや。もうしません。許して」キャシーはそう言って、ベッドに突っ伏した。冷ややかな表情を父親から隠した。

「自分の立場をよくわきまえることだ。私が父親であることを忘れるな」

キャシーは声を詰まらせ、すすり泣く振りをしながら、「はい、決して」と言った。

台所では、エイムズ夫人が両手を揉みしだいていた。その肩にそっと夫の指が触れた。

「やりたくはなかった」と言った。「だが、やらないわけにいかん。少しは薬になったと思う。私には、あの子が生まれ変わったみたいに見える。たぶん、枝のたわめ方が足りなかったんだ。鞭を惜しみすぎたのが間違いだった」

鞭を使うよう言ったのは妻であり、自分は妻に押しきられた。だが、言うとおりにした私を、妻はいま憎んでいる……。エイムズ氏にはそれがわかり、絶望的な気持ちになった。

5

キャシーに鞭が必要だったのは、いまや疑いないことのように思えた。エイムズ氏の言葉では「あの子の心が開いた」のである。以前から従順な娘ではあったが、そこに思いやりが加わり、いまでは台所で母親の手伝いをし、頼まれないことまで進んでやるようになっていた。母親のためにアフガン編みのショールも作りはじめた。これは大仕事だから、きっと何カ月もかかるだろう。「とても色彩感覚がよくて」と、エイムズ夫人は近所に吹聴《ふいちょう》した。「錆色と黄色なんて、ちょっと思いつきませんよ。四角形の模様をもう三個も編み上げました」

父親にもいつも笑顔を向けた。帰宅した父親の帽子を受け取って帽子掛けにのせ、父親が何かを読みはじめると、光の加減に合わせて椅子の向きを調節してやった。

学校でも態度が変わってきた。これまではただよい生徒というだけだったのが、将来を見据え、計画を立てるようになった。教員免許の試験を受けると言い、校長に相談をもちかけた。それも、できれば一年早く……と。校長はキャシーの成績を見て、これなら無理ではないかもしれないと思い、なめし革工場にエイムズ氏を訪ねて、そのことを話した。

「私どもは何も知りませんでした」とエイムズ氏は誇らしげに言った。

「では、お話しすべきではなかったか。嬉しい驚きを台無しにしたのでなければいいが……」と校長が言った。

エイムズ夫妻は、いま、幸運を嚙み締めていた。最初は、不安いっぱいの手探り状態だった。それが、親だけの持つ無意識の叡智《えいち》のなせる業だったのか、偶然に魔法に行き当たり、それですべての問題が解決した。「人間があれほど変われるものとは、思いもしなかった」とエイムズ氏が言った。

「あら、昔からいい子でしたよ」と妻が言った。「それに、どんどんきれいになっていること、あなた、気づいています？　頰にも色がさしてきて、もうすぐ本物の美人ですよ」

「ああ、あの容姿では、学校の先生も長くはつづけられまいよ」

　キャシーは確かに輝いていた。いつも口もとに子供のような笑みを浮かべながら、周到に準備を進めていた。時間はたっぷりあるのだから……。地下室を掃除し、土台の縁に隙間を見つけると、紙を詰めて隙間風を防いだ。台所の戸がきしめば、蝶番に油を差し、ついでに渋る錠にも差した。さらに、どうせ油缶を持ち出したのだからと、玄関のドアにまで持っていって、そこの蝶番にも油をくれた。ランプに油を満たすのも、火屋を磨くのも、いまやキャシーの仕事になった。キャシーは工夫をした。地下室に大きな石油缶を持ち込み、火屋をそこに浸してきれいにする方法を思いついた。

「この目で見たのでなければ、とうてい信じられないところだ」と父親が言った。

　キャシーの行動力は、家の中だけで満足しなかった。なめし革の臭いにもひるまず、工場に父親を訪ねた。十六歳を過ぎたばかりの娘に仕事のことをいろいろと尋ねられ、まだほんの赤ん坊だと思っていた父親は目を見張った。そして「その辺の男どもよりずっと頭がいい」と工場長に感想を漏らした。「あの調子なら、いずれ、この商売を継げるかもしれない」

　キャシーの興味は、なめし革の製法にだけあったのではない。商売のやり方もいろいろと知りたがった。資金の借入れと返済、代金の請求、給料の支払い……。父親はきかれるままに、何でも説明した。金庫の開け方も教え、一度やっただけでコンビネーションを覚えた娘に驚き、喜んだ。

「人間というのは、きっと誰でも少しばかりの悪魔を内に持っているものなんだな」とエイムズ氏は妻に言った。「どうせ子供を持つなら、そういう、うんとやる気のある子がいい。やる気はエネルギーだ。ちゃんと抑えて、はめを外しさえしなければ、そのエネルギーは正しい方向へ向かうはずだ」

キャシーは着る物をすべて自分で繕《つくろ》い、持ち物の整頓を怠《おこた》らなかった。

五月のある日。学校から帰ると、すぐに編物に取りかかった。母親は外出の身支度《みじたく》をしていて、「これから教会の集まりがあるの」と言った。「来週、資金集めにケーキ販売会をするから、その相談。わたしが議長なのよ。お父さんがね、従業員に払う給料を銀行から工場まで持ってきてくれないか、って。いつもはわたしが行くのだけれど、今日は寄り合いで行けませんから、あなたに頼めないかと思って」

「ええ、喜んで」とキャシーは答えた。

「銀行に行きさえすれば、もうお金は袋に入れて用意してありますからね」エイムズ夫人はそう言い置いて、忙しそうに出て行った。

キャシーはすばやく、しかし冷静に行動した。まず、服が汚れないよう、上に古いエプロンを着けた。地下室へ下り、蓋付きのゼリー瓶を見つけると、いまは道具類の物置にも使われている馬車置き場に運んで、ひとまず薪割り台の横に置いた。次は鶏小屋を覗き、若い雌鶏《めんどり》を一羽つかまえると、その頭を薪割り台で切り落とし、のたうつ首をつかんで、切り口をゼリー瓶の上にかざした。滴《したた》る血が瓶に半分ほど溜まったところで、まだぴくぴく動いている死骸を堆肥《たいひ》の山に持っていき、底のほう深くに埋めた。台所に戻ってエプロンをはずし、ストーブに突っ込んだ。石炭を突つくと、火が布に燃え移り、燃え上がった。あとは手を洗い、靴と靴下を子細《しさい》に点検した。右の爪先に黒い染みがあるのを見逃さず、拭きとった。鏡に自分の顔を映してみた。血色のよい頬が明るく、目が輝き、口の端が上向きになって、あの子供のような笑みを作っていた。家を出るときに、台所前の階段のいちばん下にゼリー瓶を隠すことも忘れなかった。すべてが終わったとき、母親が出かけてから、まだ十分と経っていなかった。

キャシーは軽やかに、ほとんど踊るようにして家の角を曲がり、通りへ出ていった。木々には若葉が萌え出し、せっかちな蒲公英《たんぽぽ》が二、三輪、芝生の上に黄色い花を咲かせていた。そんな通りをキャシーは弾ける足取りで歩き、町の中心にある銀行へ向かった。若々しく美しい姿が通行人の目を惹いた。人々はすれ違ってからも振り返り、しばらく後ろ姿を見ていた。

6

火事は、夜中の三時頃に起こった。火の手が見え、たちまち燃え上がると、弾けて、轟々と音を立てた。近所の人々が火事に気づくか気づかないうちに、家全体がもう崩れ落ちていた。自警消防団が手押し消防車とともに駆けつけたが、すでに手後れで、できることは隣家の屋根に放水し、延焼を防ぐくらいしかなかった。

さながら打ち上げ花火のように、エイムズ家は炎の中に消えた。消防団と集まった野次馬たちは、火に照らされている互いの顔を見ながら、そのなかにエイムズ夫妻とその娘を探した。だが、求める顔はどこにも見当たらず、誰もが目の前に広がる熾《おき》の山を見つめ、そのなかに自分と子供たちが横たわっている様を想像して、心臓が喉から飛び出すような恐怖を味わった。消防団があらためて火に水をかけはじめたのは、いくら手後れでも、まだ家族の肉体の一部でも救えるという期待からだったろうか。エイムズ一家全員が焼け死んだという恐ろしいニュースが、町中を駆け巡った。

日が昇る頃には、町の全員が集まり、まだくすぶっている黒い残骸の山を幾重にも取り巻いていた。熱の放射はまだ強烈で、前列の者は手をかざして顔を守り、消防団は少しでも熱を冷まそうと放水をつづけた。昼までには、ようやく検屍ができるほどに温度が下がった。検屍官は濡らした木の板を残骸に渡し、その上に立って、水浸しの炭の山を棒で突ついた。エイムズ夫妻の寝室の辺りには、二つの死体と確認できるだけのものが残っていたが、キャシーが問題だった。近所の住人が指差す辺りを検屍官と何人もの助手が熊手で掻きまわしたが、歯一つ、骨一本、見つからなかった。

火事の原因調査をしていた消防団長が、台所のドアのノブと錠を見つけた。黒く焼けた金属を手にとり、はてなと顔をしかめたが、どこが引っかかったのか、自分でもよく摑めずにいた。検屍官の熊手を借り、その辺を猛烈に掻きまわしはじめた。玄関のドアがあった場所へも行き、やはり掻きまわして、こちらの錠も探し出した。その錠はねじれ、融けかかっていた。その頃には、団長の周囲に人が集まり、「何を探しているんだ、ジョージ」「何か見つかったのか、ジョージ」と口々に尋ねた。

とうとう検屍官もやってきた。「気になることでもあるのか、ジョージ」

「錠に鍵がささっていないんだ」と団長が不審そうに言った。

「落ちたんだろう」

「どうやって」

「じゃ、融けたのか」

「錠は融けていないぞ」

「ビル・エイムズが抜いておいたのかな」

「内側からか？」団長は二つの錠を掲げてみせた。どちらの錠からも、ボルトが突き出していた。

工場経営者の家が焼け落ち、経営者もどうやら焼け死んだ。なめし革工場の従業員たちは、哀悼《あいとう》の気持ちからその朝は仕事に行かず、できることがあれば何か手伝おうと焼跡にたむろしていた。主役の一人になったような晴れがましさに浸ったが、だいたいは邪魔になるばかりだった。

ようやく午後になって、工場長のジョエル・ロビンソンが工場へ行った。すると、金庫が開けられ、床一面に書類が散乱していた。叩き壊された窓が、泥棒の侵入経路を示していた。

状況が一変した。火事は、結局、事故ではなかった……。恐怖が興奮と悲しみに取って代わり、恐怖の親戚である怒りがそっと忍び寄ってきた。群衆が思い思いの方向へ散りはじめた。

だが、遠くへ行く必要はなかった。同じ敷地内の馬車置き場に「争った跡」が見つかったのである。壊れた箱、砕けた馬車ランプ、土の表面に残る引きずった跡、床の藁《わら》くず……。だが、この現場を発見した人も、同時に床にかなりの量の血痕を見つけなかったら、これが「争った跡」だとはわからなかったかもしれない。

町の警察官職は、当時、コンスタブルと呼ばれた。それが、ようやく活躍の場ができたとばかり、意気揚々と乗り込んできた。全員を馬車置き場から押し出し、「手がかりを台無しにしようってのか」と怒鳴りつけた。「このドアから一歩も入っちゃならんぞ」

コンスタブルは部屋の中を探しまわり、何かをつまみ上げた。部屋の片隅で、また別の何かを見つけた。捜索の成果を手に戸口まで出てくると、見物人にそれを示した。血のついた青いヘアリボンに、赤い石をはめた十字架。「誰かこれを知っている者はいないか」と大声で尋ねた。

住人全員が顔見知りの小さな町では、自分の知り合いの誰かが殺人を犯すなど、とうてい信じがたいことだ。だから、ある方向を指し示す強力な証拠でもないかぎり、人々の疑いは、得体の知れないよそ者に向けられる。外部世界では、凶悪犯罪が日常茶飯事になっている。そんな世界から迷い込んできた者は、当然、怪しかろう。渡り労働者の野営地に手入れがあり、浮浪者が検挙され、ホテルの宿帳が丹念に調べられる。見知らぬ人間は、それだけで疑いをかけられる。ちょうど五月。水辺に毛布を広げさえすれば夜を過ごせる暖かい季節となり、浮浪者が路上に出はじめていた。ジプシーも移動を始めていて、たまたま町から五マイルと離れていないところに、家馬車の一隊がいた。哀れなジプシーたち……なんと間の悪い巡り合わせだったことだろうか。

キャシーの死体を見つけようと、周囲数マイルにわたって新しく土を掘り返した跡が探され、めぼしい池という池の底がさらわれた。「きれいな娘だったからな」と誰もが言った。なぜ連れ去られたか、その理由が自分にはわかっているという口振りだった。やがて、知能に問題のある長髪の男が連行され、尋問が始まった。絞首刑にするには恰好の人物だった。まず、アリバイがなかった――というより、これまでの人生でいつ何をしたか少しも覚えていなかった。しかも、貧弱な頭脳ながら、目の前の尋問者が何を望んでいるかを感じとることができ、根が人懐《ひとなつ》こい男だったから、望まれることをなんでもやろうとした。罠を仕掛けたお定まりの質問が投げかけられると、一も二もなくその罠に飛び込み、コンスタブルの満足げな表情を見て幸せな気分になった。自分より優れた人間に気に入られようと雄々しく努力し、それが報いられた。

きっと、人間として見所のある男だったに違いない。ただ、男の自白には問題があった。あまりにも多岐にわたり、あまりにも取りとめがなかったことだ。それに、いつもヒントを出してやらないと、何をしたかつい忘れてしまうことも問題だった。それにもかかわらず、内心に怯《おび》えを抱えている陪審員団は、厳粛な面持ちで正式な起訴を決定した。男は、ついにひとかどの人物になれた気がした。

判事のなかには、たまに、女を愛するように法律を愛する男がいる。正義の助長という法の精神を愛してやまない男がいる。それは今も昔も変わらない。裁判に先立つ尋問を担当したのが、そういう男だった。純粋で、善良で、多くの悪を消し去ることに人生を賭けていた。その尋問の席で、容疑者はいままでと違ってヒントが与えられないことに戸惑った。自白はたちまち支離滅裂《しりめつれつ》になった。判事が質問することに一所懸命答えようとはするのだが、とにかく何も思い出せなかった。自分が何をしたのか、誰を殺したのか、どうやって、なぜ……。判事は深く溜息をつき、容疑者を法廷から連れ出すように合図した。コンスタブルを指で招き寄せた。

「おい、マイク。こんなばかなことをしてはならんぞ」と言った。「あの哀れな男を見てみろ。もう少し脳みそがあったら、このまま縛り首になっていたところだ」

「でも、やった、と自分で言ったんだ」コンスタブルは、根が良心的な男だっただけに、感情を傷つけられた。

「ああ、金無垢《きんむく》の梯子《はしご》で天国まで上って、ボウリングのボールで聖ペテロの喉を掻き切ったかきいてみな。きっと、うん、と言うだろう。もっと慎重にやるんだ、マイク。法律は助けるためにあるんで、殺すためにあるんじゃない」

このような一地方の悲劇では、時が水彩画の濡れた絵筆のような働きをする。くっきりした輪郭がぼやけ、鋭い痛みが消え失せ、色と色が交じり合い、離れ離れに引かれた多くの線から広がりを持った灰色が現れる。一月《ひとつき》もすると、誰かを縛り首にする必要など感じられなくなり、二月《ふたつき》もすると、誰かを特定するような証拠など何もなかったことに思い当たる。キャシー殺しさえなければ、火事と盗難が重なったのは偶然と言えないこともない。キャシー殺しにしても、確かにキャシーは死んでいるのだろうが、死体が出てこない以上、何一つ証明できることはない……多くの人がそう思うようになった。

キャシーは甘い香りを残して去った。

第九章

1

巡回売春の元締エドワーズ氏は、会計士のような几帳面《きちようめん》さと正確さで、整然と、黙々と仕事をこなしていた。大柄で、腕力もあり、四十代も後半とあってやや太りぎみではあったが、肥満が成功の証《あかし》と見なされていた時代にしては、驚くほどよい体調を維持していた。妻と二人の子があり、それをボストンの高級住宅地にある立派な家に住まわせていた。子はどちらも躾の行き届いた男の子で、すでに赤ん坊の頃から名門校グロトンへの入学を予約してあった。商売柄、家を空けることが多かったが、エドワーズ氏の日常は意外なほどに家庭的で、想像以上の日数を家で過ごした。エドワーズ夫人も、主婦として家を塵《ちり》一つない状態に保ち、召使をよく監督していた。

巡回売春の事業は、小さな町だけからなる巡回経路の設定から、女たちの短期滞在の日程、厳しい規律、ピンはね比率まで、すべてエドワーズ氏が一から作り上げたものだった。当然、最初は手探りだったが、めったに過ちを犯したことがない。まず、女たちの送り込み先として、大きな都市を避けた。腹をすかせた村のコンスタブルならなんとでもなろうが、海千山千の貪欲な都市警察には、それ相応の敬意が必要だろうと思っていた。理想の送り込み先は、何の娯楽もない小さな町だ。そこに借金の抵当に入ったホテルがあれば言うことはない。そんな町なら、奥さん方と、たまの不良娘くらいしか競争相手はいないだろう。当時のエドワーズ氏は十組の女を抱えるだけだったが、六十七歳で死んだときには、四人一組の女たちをニューイングランド三十三の町に滞在させていた。楽な暮らしどころか、大金持ちだったと言ってよい。鳥の骨を喉にひっかけた窒息死という死に方自体が、成功と幸福を象徴していた。

現在、売春宿という制度は衰退傾向にあるらしい。学者はもっともらしいことをいろいろと言う。若い女の道徳心の荒廃が売春宿に致命的打撃を与えたという説もあるし、警察による監視態勢の強化が売春宿を駆逐《くちく》しつつあるという、やや理想主義的な説もある。十九世紀末から今世紀初頭にかけて、売春宿は、あからさまに語られることはなくても、一般に容認された存在だった。これがあるから、良家の子女の純潔が守られるのだ、とも言われた。未婚の男は、いらいらが募ったときはそういう場所で性的エネルギーを発散しながら、一方で、社会全体の願いでもある純潔で愛らしい女性を求めつづけた。この二つの欲求が同一人の中で共存すること自体が不思議だが、所詮は社会問題について人間が考えることであり、こうした不思議はいくらでも見つかる。

売春宿は千差万別で、金とビロードで飾り立てた御殿《ごてん》もあれば、豚さえ顔をそむけるような悪臭のする掘建て小屋もある。若い娘がかどわかされ、この業界で奴隷のようにこき使われているという噂が、ときおり流れる。事実に基づく噂もきっと少なくないだろう。だが、売春婦の大半は、怠惰と無分別からこの商売に流れてくる。売春宿にいれば、何の責任も負わずに生きていける。食べさせてもらえ、着させてもらえ、万事に面倒をみてもらえる。年をとって使いものにならなくなると放り出されるわけだが、そんな結末がわかっていても、若いうちは誰も老後のことなど考えないから、抑止する力にはならない。

たまに利発な娘が迷い込んでくることもあるが、そういう娘は、たいてい、ここからどこかへ這い上がっていく。自ら売春宿のマダムとなる者、恐喝に成功する者、金持ちと結婚する者……。売春宿にとどまる場合でも、一つ格上の存在と見なされ、〝コーティザン〟などという大仰な名前で呼ばれたりする。まあ、高級娼婦といった意味だ。

エドワーズ氏には、女の補充や管理での苦労がなかった。秘訣は、頭の働きが適度に鈍い女だけを選び、そうでない女はその場で放り出すことだ。きれいすぎる女もいらない。美人の売春婦など置けば、どこかの田舎者が恋に落ちて、どんな修羅場になるか知れたものではない。ときどき妊娠する女が出てくるが、そんなときは、足を洗うか子を堕ろすか、二つに一つの選択を迫る。堕胎《だたい》の方法は乱暴で、かなりの高率で落命の危険があったが、それでも、ほとんどの女は堕胎を選んだ。

もちろん、常に順風満帆であるはずはなく、ときには問題も起こった。とくに、いま話題にしているこの時期には、二つの不運にたてつづけに見舞われていた。まず、列車事故で二組八人の女が死んだ。次に、ある町で一組の女を信仰に奪われた。その町の牧師が、突然、啓示を得て、実に情熱的な説教で町の人々を燃え上がらせた。会衆はたちまち膨れ上がり、教会に収まりきらなくなって、野原へ移動した。そこで牧師が必殺の奥の手を出した……のは、こうしたケースではありがちなことだ。牧師は世界の終わる日を予言した。さあ、郡全体が小羊のように鳴きながら牧師に付き従い、エドワーズ氏の女たちもそのなかに含まれていた。エドワーズ氏はその町へ出向き、スーツケースから重い乗馬鞭を取り出すと、女たちを容赦なく引っぱたいた。ところが、女たちは言うことをきくどころか、もっと打ってくれと訴えたではないか。それぞれに何か想像上の罪を抱えているらしく、それを拭い去るためにもっと……と。エドワーズ氏はうんざりした。女どもの衣装を取り上げ、ボストンに戻った。女たちは裸のまま野外集会に出かけ、罪と信仰を告白して、ある意味、有名になった。いつもなら、一人ずつ余裕をもって女を見繕うエドワーズ氏が、面接によって大量補充するはめになったのは、そうした理由による。三組十二人を早くなんとかしなければならなかった。

キャシー・エイムズが、どこからエドワーズ氏のことを聞きつけたかはわからない。貸し馬車の御者からでも聞いたのだろうか。女が何かをほんとうに知りたければ、必ずそれがどこからか伝わってくる。キャシーが事務所に入ってきた朝、エドワーズ氏は気分がよくなかった。胃が痛く、きっと前夜の夕食に妻が出した鮃《ひらめ》のスープのせいだと思っていた。夜通し眠れなかった。吐き気と下痢の両方に襲われ、体に力が入らず、とにかく痛かった。

キャサリン・エイムズベリーと名のる娘が入ってきたとき、すぐに決断できなかったのは、そのせいだ。この商売にはきれいすぎる娘だった。声は低くハスキーで、体は華奢《きゃしゃ》と言えるほどほっそりし、肌が美しかった。要するに、エドワーズ氏のもとで働く種類の女ではない。体調がまともだったら、ただちにお引き取りを願ったところなのに、つい面接に入ってしまった。しかたなく型通りの質問をした。肉親のこと……親戚のこと……。いちゃもんをつけてくるのは、たいていそうした人々だ。質問中、女と目を合わせていたわけではないのに、体の中で何かが女に反応しはじめた。エドワーズ氏はもともと好色な男ではない。仕事と個人的快楽とを混同したことなど、これまで一度もない。だから、この反応には自分でも驚いた。はて、と顔を上げて女を見ると、垂れぎみの瞼が不思議に蠱惑《こわく》的に見え、わずかに詰め物をしてあるらしい腰の辺りが、一瞬、揺れたようだった。小さな口もとには猫の微笑みがあった。エドワーズ氏は机の上に身を乗り出し、大きく息をついた。この女を自分のために欲しいと思っている自分に気づいた。

「あなたのような娘さんが、なぜ……」と切り出した瞬間、エドワーズ氏も世界最古の錯覚に陥っていた。自分の愛する女は、貞節かつ誠実でないはずはないというあの錯覚に……。

「父が亡くなりました」キャサリンはぽつりと答えた。「亡くなる前にひどいことになっていたみたいで、農場をかたに借金をしていたなんて……。銀行が母の手から農場を奪うところなど見たくありません。きっと、母はショックで死んでしまいます」

キャサリンの目が涙に濡れた。「だったら、利息分くらいは、わたしがなんとかできるのではないかと思いました」

エドワーズ氏に逃れる機会があったとすれば、この瞬間をおいてほかになかったろう。頭の中で小さな警報が鳴るには鳴った。だが、響き方が十分ではなかった。もともと、エドワーズ氏のもとに来る女たちの八割が「借金を返すため」と言うし、その女たちがいつ何を言おうと絶対に信じないのが、エドワーズ氏の不変のモットーだったはずだ。まあ、朝食に何を食べたかくらいは信じてやることもあるが、それさえ嘘のときがある。なのに、いま、大の男が——それも売春宿の主人が——机に腹ばいになるほど身を乗り出し、興奮で頬を赤黒く染めていた。脚から腿にかけて、じんじんと痺れるような感覚が駆け上った。

「では、お嬢さん、もう少し話し合ってみましょう」エドワーズ氏の耳に、そう言っている自分の声が聞こえた。「利息分くらいなら、何とか方法が見つかるでしょう……」売春婦の仕事を探しにきた——少なくともそう言っている——女に、これが返す言葉だろうか。

2

エドワーズ夫人の信仰心は、浮ついたものではないにせよ、深くはなかった。生活のかなりの時間を日々の教会運営の中で費やしながら……いや、だからこそ、と言うべきか……教会の背景や意味にまでは意識が回らなかった。そんな夫人にとって、エドワーズ氏はあくまでも貿易業に従事する人間であり、仮に夫の真の事業を聞き知ったとしても——たぶん、聞いていたと思われるが——信じることはなかったろう。そういう心の働きも、人間の持つ謎の一つではある。夫人にとってのエドワーズ氏は、いつも冷たいほどに思慮深く、妻に肉体的義務を果たすよう求めることもまれな男だった。とくに暖かい人柄ではなかったが、冷酷でもない。夫人は、二人の息子と教会と料理に全身全霊で打ち込んでおり、そうできる生活に満足し、感謝していた。ところが、あるとき夫が荒れはじめた。いらいらし、怒りっぽくなった。すわって一点を凝視していたかと思うと、次の瞬間、怒り狂って家を飛び出していったりした。夫人はまず夫の胃の調子を疑い、次に商売上の失敗を疑った。だが、夫がバスルームにいるとき、それと知らずに入っていって、便器にすわってひっそりと泣いている夫を見、涙のあふれる赤い目を慌てて隠そうとするのを見たとき、これは病気だと思った。そして、ハーブ茶も下剤も夫の病気に無力とわかったとき、夫人にはもうなすすべがなかった。

通常のエドワーズ氏がいまの自分を見たら、きっと大笑いしていたはずだ。冷酷無比《れいこくむひ》の売春組織の元締。それがキャサリン・エイムズベリーに恋をして、辛くて身も世もなくのたうち回っている……？　いまのエドワーズ氏は、キャサリンのためにきれいな煉瓦造りの家を借りてやり、次にはそれをくれてやった。思いつくかぎりの贅沢《ぜいたく》品を買い求め、家をごてごてと飾りたて、暑過ぎるほどに暖房をきかせてやった。絨毯は厚すぎるほど厚く、壁には額縁入りの絵がところ狭しと並べられた。

エドワーズ氏は、これほどの苦悩を味わったことがなかった。商品である女のことは知り尽くしていて、だから女など、一瞬たりとも信用してはならないと思っていた。なのに、いまはキャサリンを深く愛し、愛には信用することが不可欠とあって、相反する感情にずたずたに引き裂かれ、虫の息でひくついていた。キャサリンを信用したいのに、信用できない。いくら贈り物と金で貞節を買おうとしても、そばを離れるやいなや、どこかの男がキャサリンの家に忍び込むさまが妄想に現れ、身をさいなんだ。女たちの見回りのためボストンを留守にすることも、キャサリンを一人残していくことが気になって、回数が減った。多少なりとも商売がないがしろになった。こんな恋は初めての経験であり、エドワーズ氏の命取りになるかと思われた。

実は、キャサリンは貞節を守っていた。少なくとも、他の男を招き入れたり、訪ねたりはしていなかった。エドワーズ氏がそれを察しえなかったのは、キャサリンが悟られまいとしたからにほかならない。エドワーズ氏にとって女たちが商品であるように、キャサリンにはエドワーズ氏が商品だ。エドワーズ氏に独自の商売方法があるように、キャサリンにも独自のやり方があった。エドワーズ氏を簡単に陥落させてからは、いつもやや不満げであるふうを装い、いつ逃げ出すかわからないという、腰の落ち着かない印象を与えつづけてきた。訪ねてくるとわかっている日には必ず外出していて、興奮に顔を輝かせ、とても信じられない経験をしたという様子で帰ってきた。通りですれ違う男たちのしつこさを繰り返し嘆いた。嫌らしい目つきでながめまわし、手を伸ばしてきて、避けるのがたいへん……。実際に、恐怖に顔を引きつらせ、逃げ帰ったことも何回かある――やっとのことで逃げおおせたの、と。午後遅く帰り、一人で待っているエドワーズ氏を見つけると、ちょっと買い物に、と言い、「あら、わたしだって買い物くらい……」と、いかにも嘘っぽく言い訳をした。

性的関係でも、必ずしも満足していないと思わせていた。エドワーズ氏がもう少し上手なら、信じられないほどすごい反応を返す女であることをほのめかした。キャサリンの狙いは、エドワーズ氏の心を絶えず動揺させておくことにあった。狙いどおり、エドワーズ氏の神経がすり減り、手が震えはじめ、体重が減り、目が異様にぎらつきだすのを、キャサリンは満足そうに見ていた。いよいよ限界で、狂気にも似た怒りの爆発が近いことを敏感に察知すると、すかさずエドワーズ氏の膝にすわり、なだめすかし、ほかに男がいないことを一瞬だけ信じさせた。その気になれば、言いくるめることはいつでもできた。

キャサリンは金が欲しかった。できるだけ早く、できるだけ簡単に手に入れたかった。エドワーズ氏を籠絡《ろうらく》し、腑《ふ》抜《ぬ》けにするのに成功すると、すぐに盗みはじめた。もう大丈夫という瞬間が、キャサリンには正確にわかった。エドワーズ氏のポケットを探り、高額の紙幣を遠慮なく抜き取った。エドワーズ氏は、キャサリンに逃げられることを恐れて何も言えない。贈られた宝石類も次々に姿を消していった。なくした、とキャサリンは言うのだが、エドワーズ氏には、売ったのだ、とわかっていた。食費の請求を水増しし、買った衣服の値段を膨らませた。家も、売り払いこそしなかったが、抵当に入れて借りられるだけの金を借りた。

ある夜、エドワーズ氏の鍵ではドアが開かなかった。しかたなくどんどんと叩くと、ずいぶん間を置いてからキャサリンが出てきた。「ええ、鍵をなくして、錠を取り替えました」と言った。「だって、誰が入ってくるかわからないのは、一人住まいの身で怖いんですもの。すぐにスペアを作って、お渡しします」だが、スペアキーは作られず、エドワーズ氏は毎回ベルを鳴らすはめになった。そのベルへの応答が、ときに長い時間かかったり、ときにまったくなかったりした。家にいるのかどうかもわからない。エドワーズ氏はキャサリンを尾行させることにした。キャサリンはそれを知らなかった。

エドワーズ氏は本質的に単純な男だが、単純な男にも、暗くねじれた複雑な側面がある。キャサリンは利口な女だが、利口な女でも、男の中に隠れる曲がりくねった迷路の一部を見落とすことがある。一度だけ、キャサリンはひどい過ちを――それだけは避けたいと思っていた過ちを――犯した。二人の小さな愛の巣に、エドワーズ氏は当然のようにシャンパンを用意していた。キャサリンは決してそれに手を触れずにきた。

「気分が悪くなるから」と言った。「試してみたことはあるけれど、だめなの」

「ばかな。一杯だけやってみな。害にはならんさ」

「いいえ、結構。わたしはだめ。いただけないわ」

エドワーズ氏は、この拒否を婦人らしいたしなみと受け取り、決して強要することはなかった。だが、ある夜、自分はこの女について何も知らないことに思い至った。ワインで多少は舌が緩むのではないかと思いつき、考えれば考えるほど、妙案のように思えた。

「酒の一杯も付き合ってくれないのは、ずいぶんつれない話だ」と抗議した。

「お酒はわたしに合わないのよ」

「ばかな」

「ほんと。お酒はいりません」

「考えられん。君は私を怒らせたいのか」

「そんな……」

「じゃ、一杯」

「ほしくありません」

「飲め」エドワーズ氏がグラスを突き出し、キャサリンがよけた。

「いやよ。あなたはご存知ないけれど、わたしにはよくないの」

「飲め」

とうとうキャサリンはグラスを手にとった。一気に飲み干すと、身を震わせながら立ちつくした。じっと耳を澄ませているようにも見えた。両頬に血が上った。自分でもう一杯注ぎ、さらにもう一杯。目が冷たくすわり、エドワーズ氏は怖くなった。キャサリンに何かが起きつつあり、それはエドワーズ氏にもキャサリン自身にも制御できないものだった。

「わたしは飲みたくなかった。それは忘れないでね」キャサリンが静かに言った。

「じゃ、もうそのくらいでやめておくか」

キャサリンは笑い、さらに一杯注いだ。「いまさらやめたって、もっと飲んだって、こうなったら大して変わりゃしない」

「一杯かそこら飲むのがいいんだ」エドワーズ氏が不安そうに言った。

「太った蛞蝓《なめくじ》さん」キャサリンの声が低くなった。「見損なわないでほしいわね。あなたの頭の中に湧いている薄汚い考えの一つや二つ、わたしに読めないと思っているの？ こんな純情そうな女がどこで手練手管《てれんてくだ》を覚えたか、不思議に思っているでしょ？ 話してほしい？ そう、じゃ教えてあげる。揺り籠の中よ。わかる？ 揺り籠の中……。あなたの聞いたこともない場所で、四年間働いてもきたしね。ポートサイドからの船乗りがいろんなやり方を教えてくれたっけ。その穢《けが》れた体を走っている神経の一本一本、わたしはみんな知っていて、自由に操れるのよ」

「キャサリン、わけのわからんことを言うんじゃない」

「わたしにはお見通し。しゃべると思ったんでしょ？　だから、しゃべってあげてるんじゃない」

キャサリンはエドワーズ氏に向かってゆっくりと歩いた。エドワーズ氏は下がりたい衝動をこらえ、怖かったがじっとすわりつづけた。女は真ん前に立ち、グラスに残っていたシャンパンをぐいと飲み干すと、グラスの縁をそっとテーブルに打ちつけた。そして、ギザギザの割れ口をエドワーズ氏の頬にぐいと押しつけた。

エドワーズ氏は一目散《いちもくさん》に家から逃げ出した。逃げながら、キャサリンの笑い声を聞いた。

3

エドワーズ氏のような男にとって、恋はためにならない感情だ。判断力をだめにし、知識をあやふやにし、気力を弱らせる。あれはただのヒステリーだった……そう自分に言い聞かせ、信じようとした。キャサリンも、エドワーズ氏にそう信じさせようとした。とんでもない失敗に慄然《りつぜん》とし、純情可憐なキャサリン像を復元させようと、しばらくはあらゆる努力をした。

苦痛だらけの恋をしている男の自虐能力は、われわれの想像を超える。エドワーズ氏は、いまだに女の善良さを心の底から信じようとしていた。ただ、どうしてもそれを許さない状況があった。キャサリンの暴発に加え、エドワーズ氏自身が抱える悪魔という問題もある。真実を知ろうと動き回ったのは——知ると同時にそれを否定しようとはしたが——ほぼ本能のなせる業だったろう。たとえば、キャサリンが金を銀行に預けないことを探り出した。雇い人の一人が何枚もの鏡を複雑に組み合わせた装置を作り、小さな煉瓦造りの家の地下室に金の保管場所を見つけ出した。

雇った探偵事務所から、ある日、新聞の切り抜きが送られてきた。それは小さな町の週刊紙に掲載された古い記事で、不思議な火事のことが書いてあった。エドワーズ氏は丹念に読んだ。胸と腹が融けた金属のように熱くなり、目の奥が火のように真っ赤に燃えた。恋心の中に本物の恐怖が混じり込み、その二つがぶつかり合って、ある残酷な思いになって沈澱《ちんでん》していった。エドワーズ氏は目がくらむ思いだった。事務所の長椅子まで歩き、うつ伏せに倒れ込んだ。長椅子の黒革が額に冷たかった。しばらくは宙吊りになっているようで、ほとんど息もせずにいたが、しだいに頭の中の靄《もや》が晴れてきた。口に塩気があり、怒りが肩に集中して大きな痛みになった。だが、心は平静を取り戻し、ある意図をもって、出会いから現在までの時間を切り裂いた。部屋の暗闇を断つ鋭いサーチライトの光に似ていた。ゆっくりと立ち上がり、スーツケースの中身を点検した。女たちの見回りに出かけるときは、いつもそうする。きれいなシャツと下着、寝巻きと室内履き。そして重い乗馬鞭……鞭の先端がスーツケースの縁に沿うようにとぐろを巻いていた。

煉瓦造りの家の小さな前庭を重い足取りで横切り、ベルを鳴らした。

キャサリンはすぐに出てきた。外套を着て、帽子をかぶっていた。

「あら」と言った。「困ったわ。ちょっと出かけるところなの」

エドワーズはスーツケースを下ろし、「いかん」と言った。

キャサリンは相手の様子をうかがった。いつもと違う。エドワーズ氏は女のわきを通り過ぎ、地下室へ下りていった。「どこへ行くの」キャサリンが甲高い声で呼んだ。

エドワーズ氏は返事をしなかった。すぐに、小さな樫の箱を抱えて上がってきた。スーツケースを開けて、箱をその中に入れた。

「それはわたしの箱よ」キャサリンの低い声が言った。

「わかっている」

「どうしようというの」

「二人でちょっとした旅はどうかと思ってな」

「どこへ。わたしは行けないわよ」

「コネティカット州の小さな町、私の縄張りの一部だ。君は働きたいから私のところに来たんだったな？　望みどおり、働いてもらうことにしよう」

「昔のことよ。いまはもういや。働かそうたってだめ。無理強いしたら警察を呼ぶわよ」

エドワーズ氏はにやりとした。こめかみが脈打っているのが見え、その笑い顔の恐ろしさに、キャサリンは思わず一歩下がった。「それとも、生まれ故郷へ帰りたいか？　三、四年前に大きな火事があったそうだ。君もきっと覚えているだろう」

キャサリンの目は相手を探り、値踏みし、弱点を探した。エドワーズ氏の目は感情を表さず、ただ堅かった。「わたしに何をしてほしいの」キャサリンは静かに尋ねた。

「だから、二人でちょっとした旅をするだけだ。働きたいというご要望だからな」

いま、キャサリンにできることは一つしかなかった。おとなしく同行して、機会を待つ。いま楯突《たてつ》くのは危ない。成り行きに任せて、待つ。誰だって、四六時中気を張り詰めてはいられないのだから。これまでは、それでうまくいってきた……。エドワーズ氏の言葉は、キャサリンに恐怖の何たるかを教えた。

目的の小さな町には夕方に着いた。二人は汽車を降り、一本しかない暗い通りを歩いて、田舎に出た。キャサリンは気を引き締め、辺りを警戒した。当面、エドワーズ氏の計画を知るすべはないが、バッグの中には薄刃のナイフが忍ばせてあった。

エドワーズ氏は、これから何をするかよくわかっているつもりだった。キャサリンを鞭で引っぱたいて旅籠屋の一室に放り込み、また引っぱたいて次の町へ移動させ、そうやってこき使ってやる。使いものにならなくなったら放り出し、あとは田舎のコンスタブルに任せれば、逃げることもかなうまい。キャサリンのバッグにナイフが入っていることは知っていたが、気にもならなかった。

石塀《いしべい》と杉木立に挟まれた人気《ひとけ》のない場所に出たとき、エドワーズ氏が行動を起こした。まず、キャサリンの手からバッグをひったくり、塀越しに放り投げた。これでナイフは片づいた。だが、次の行動は、エドワーズ氏自身にも——いくら女に恋した経験がないとはいえ——予想外だった。ほんの少しだけ懲らしめておくつもりだったのに、いざ乗馬鞭で二度打ち据えてみると、それではもう満足できなかった。鞭を地面に投げ捨て、拳を使った。素手で殴りつづけるエドワーズ氏の息遣いが、悲鳴のように聞こえた。

キャサリンは必死でパニックに陥るまいとしていた。降りそそぐ拳をよけ、よけきれないまでも力を殺《そ》ごうとしていたが、とうとう恐怖に圧倒され、背を向けて逃げようとした。そこへエドワーズ氏が飛びかかり、地面に引き倒した。もう拳でも足りなくなっていた。振り回す手に地面に転がっていた石が触れ、エドワーズ氏の冷静な自制心は、咆哮《ほうこう》する赤い波の前に木っ端《こっぱ》微塵《みじん》になった。

やがて、腫れあがった女の顔を見下ろしているエドワーズ氏がいた。女の心臓の鼓動に耳を澄ましたが、自分の動悸がこれほど激しくては、何も聞こえるはずがない。相反する二つの考えが頭の中を駆け抜けた。一方は「女を埋めろ。穴を掘って、蹴り込め」と言い、もう一方は子供のように泣きながら「もう嫌だ。触れるのも堪えられない」と言った。やがて激怒の後の嘔吐が来て、エドワーズ氏はたまらずその場所から逃げ出した。スーツケースも、乗馬鞭も、金の入った樫の箱も放り出し、薄暮の中を方角もわからずに逃げた。どこかに隠れて、この嘔吐をやり過ごしたい——その一念で逃げた。

エドワーズ氏に捜査の手が伸びることはなかった。しばらく床に臥《ふ》せり、妻のやさしい看護を受けて回復すると、また売春業に戻った。経験から学べない男はばかだと言い、もう二度と、愛などという狂気を近寄らせることはなかった。自分自身に対して恐怖の混じった尊敬の念を抱いた。わが身に殺しの衝動が隠れているとは、以前のエドワーズ氏には思いもよらないことだったから。

キャサリンが死ななかったのは偶然に過ぎない。一撃一撃が打ち砕く意志に満ちていた。キャサリンは長い間意識を失っていた。うっすらと意識を回復してから、さらに長時間横たわっていた。腕が折れていて、生き延びるには助けが必要であることがわかった。生きることへの執着が、体をひきずりながら暗い道に助けを求めさせた。最初に見つけた門から中に入り、ポーチへの階段をもう少しで上り切るところで気を失った。鶏小屋で雄鶏《おんどり》が時をつくり、東の地平線に夜明けを告げる灰色の線が現れた。

第十章

1

男二人が一つの家に寝起きすれば、しだいに相手への不平不満が芽生えはじめる。表面的にはなんとか平穏を取り繕っても、やがて一触即発《いっしょくそくはつ》の状態になることはどちらにもわかっている。アダム・トラスクの帰郷後、兄弟間に緊張が高まりはじめるまで、さほどの時間はかからなかった。四六時中顔を突き合わせ、介在する人間が誰もいないのでは当然のことだ。

数カ月間は、サイラスの遺産を整理し、利を生む形にするのに忙しかった。連れ立ってワシントンへも行き、父の墓を見た。それは立派な石の墓で、てっぺんに紋章入りの鉄製の星形が置かれ、先端に穴があいていた。戦没将兵記念日には、この穴に小さな旗を立てるのだろう。兄弟は墓のわきに長い間立っていた。だが、帰ってからは、もうサイラスの名を口にすることもなかった。

仮にサイラスが不正を働いていたとしたら、よほど手際がよかったのだろうか。金のことで何かを言ってくる人は誰もいなかった。だが、チャールズの心にはこの問題がいつまでも引っかかっていた。

農場へ戻ってから、「おまえ、たまには服でも新調したらどうだ」とアダムが言った。「金持ちなのに、一ペニー使うのもこわごわじゃないか」

「実際怖いんだ」とチャールズが答えた。

「なぜ」

「返すはめになるかもしれねえだろ」

「まだ言ってるのか。何か不都合なことでもあれば、もうとうに何か言ってきそうなものだと思わないか」

「さあな。とにかく、その話はしたくねえ」

だが、その夜、話を蒸し返したのはチャールズのほうだった。「気にかかることが一つある」と言った。

「金のことでか」

「ああ、あの金のことで。あれだけの大金だから、いろいろと残るはずだと思うんだ」

「何が」

「書類よ。ほら、帳簿とか、売渡証とか、覚え書、計算書、その他諸々《もろもろ》が残るはずだろ。おやじのものをすっかり調べたが、そんなものは一枚も出てこなかった」

「じゃ、燃やしてしまったのかな」

「そうかもしれんが……」

二人はチャールズのリズムで生活していた。チャールズの生活は、一年中、判で押したように変わることがない。時計が四時半を打つと、真鍮の振り子に突つかれでもしたように目を覚ます。正確には四時半よりわずか前に目を覚ましていて、目を開け、瞬きを一つすると、ちょうど時計が鳴る。しばらく横になったまま、暗闇を見上げ、腹を引っ搔く。やがてベッドわきのテーブルに手を伸ばし、その手は正確に硫黄マッチの束の上に落ちる。指で一本引きちぎり、束の側面にこすりつける。硫黄が小さな青い火の玉になり、軸木に燃え移ったところで、ベッドわきの蠟燭に火をつける。毛布をはねのけて、起き上がる。寝巻き代わりの長い灰色の下着が、膝の辺りでだぶつき、くるぶしの周りにだらしなく垂れ下がっている。大きなあくびをし、戸口まで歩いてドアを開けると、「四時半だ、兄貴」と呼ばわる。「起きる時間だぜ。目を覚ませ」

「いっぺんくらい寝過ごしてみたらどうだ」そう応じるアダムの声はくぐもっていた。

「起きる時間だ」チャールズはズボンに足を突っ込み、腰の上まで引き上げながら言った。「だが、起きなくたっていいぜ。兄貴は金持ちなんだから、一日中寝てたってかまわんさ」

「おまえも同じだろうが。なのに、毎朝、こんな暗いうちから……」

「起きなくたっていいぜ」とチャールズは繰り返した。「だがな、農場をやるつもりなら、本気でやったほうがいい」

「で、もっと土地を買って、もっと仕事を増やそうってわけか」とアダムの哀れっぽい声が返ってきた。

「よしてくれ。寝たかったら、また寝ればいいだろ」

「おまえはベッドに横になっていても眠れないんだろう？　要するに、起きたいから起きるんだ。なのに、起きたからって威張る。そいつは、指が六本あるからって威張るみたいなもんだ」

チャールズは台所に行き、ランプに火をつけた。「ベッドに寝たままじゃ農場経営はできんのだ」と言った。ストーブの火格子を叩いて灰を落とすと、剝き出しになった石炭に紙切れをのせ、強く息を吹きつけた。やがて、炎が燃え上がった。「マッチも使わないのか」と言った。

アダムは、開いたドアの向こうから弟のすることを見ていた。

チャールズは怒って振り向いた。「余計なお世話だ。なんだよ、ぐちぐちと」

「ああ、悪かったよ。どうやら、僕はここに用無しらしい」

「兄貴しだいよ。出ていきたいんなら、止めやしねえ」

ばかげた争いだが、アダムには止められなかった。そんなつもりはないのに声が勝手に出て、怒らせるようなことを言う。「言われないでも、出ていきたいときには出ていくさ。ここはおまえだけの家じゃない。僕の家でもあるんだ」

「じゃ、なぜ少しは働かん」

「おお、神様。何たるつまらないことで大騒ぎだ。喧嘩はやめようぜ」

「おれだって喧嘩したいわけじゃねえ」チャールズはそう言って、なまぬるい玉蜀黍《とうもろこし》粥《がゆ》を二つのボウルによそい、乱暴にテーブルにのせた。

兄弟は食卓についた。チャールズは一枚目のパンにバターを塗り、次にナイフでたっぷりとジャムを掬《すく》いとって、バターの上から塗りつけた。すぐに二枚目のパンにかかり、またバターを塊から切り取った。ナイフのジャムがバターの塊に残った。

「おい、汚いな」アダムが文句を言った。「バターにくっついたじゃないか。先にナイフを拭けよ」

チャールズはナイフとパンをテーブルに置き、その両側をバンと掌で叩いた。「ここから出ていけ」と怒鳴った。

アダムは立ち上がり、「ああ、豚小屋のほうがまだましだ」と言い、家から出ていった。

2

チャールズが次にアダムの顔を見るのは、八カ月後のことになる。畑仕事から帰ってくると、アダムが台所にいて、バケツの水を髪と顔にかけていた。

「よう、どうしてた」とチャールズが声をかけた。

「とくにどうってことはない」とアダムが答えた。

「どこへ行ってた」

「ボストンだ」

「ほかは？」

「いや。ボストン市内をあちこちとな……」

兄弟はそのまま以前の生活に戻った。どちらも、今度は怒りをあまり溜めないよう注意していた。ある意味、互いに相手を守ることで自分を守ろうとしたとも言える。早起きのチャールズは、先に朝食の準備をしてからアダムを起こすようにしたし、アダムは家の中をきれいにし、農場関係の帳簿をつけるようになった。そんな用心深い生活が二年間つづいたが、やはり限度がある。いらいらは徐々に募り、やがて沸点を超えた。

冬の夕方、アダムは帳簿から顔を上げ、「カリフォルニアはいいぞ」と言った。

「とくに冬がいい。何でも育つらしい」

「そりゃ育つだろうよ。だが、育てて、それをどうしようってんだ」

「小麦なんかどうだ。カリフォルニアは小麦の栽培が多いようだ」

「銹病《さびびょう》にやられる」チャールズが突っぱねた。

「いやに断定的じゃないか。なあ、チャールズ、カリフォルニアじゃ何でも生育が速いそうだ。あんまり速いから、植えたらすぐに一歩下がらないと、突き上げてくる穂に顎をがつんとやられるって言うぞ」

「行きたかったら、さっさと行ってくれ。この農場の半分、いつだっておれが買い取るぜ」

アダムは、それには何も言わなかった。だが、翌朝、小さな鏡を覗き、髪を櫛《くし》でとかしながら、また始めた。「カリフォルニアには冬がないんだ。一年中、春がつづく」

「おれは冬が好きだ」とチャールズが返した。

アダムはストーブに近寄り、「そんなに怒るなよ」と言った。

「じゃ、おれにぐちぐち言うのもやめてくれ。卵はいくつだ」

「四つ頼む」

チャールズはレンジの横に卵を七つ置き、小さな焚きつけを使って慎重に火をおこした。やがて、火が猛烈な勢いで燃えはじめた。そこへじかにフライパンをかけ、ベーコンを炒めているうちに、チャールズの機嫌も直っていった。

「兄貴よ」と呼びかけた。「自分で気づいているかどうか……兄貴は何かというとカリフォルニア、カリフォルニアだ。ほんとうに行きたいのか」

アダムはくすりと笑い、「それがわかったら苦労はない」と言った。「自分でもよくわからないんだ。朝起きるのと同じさ。起きたくない。でも、寝ていたくもない」

「厄介なやろうだぜ」とチャールズが言った。

アダムはかまわず、「軍隊じゃ、毎朝、ラッパが鳴る」とつづけた。「だから、神かけて、除隊したら毎日昼まで寝てやるぞ、と思っていたもんだ。ところが、どうだ。うちへ帰ったら、起床ラッパより三十分も早く起きなくちゃならない。おい、チャールズ、教えてくれ。いったい僕らは何のために働いているんだ」

「ベッドに寝てたんじゃ、農場は経営できん」チャールズはそう言って、じゅうじゅういっているベーコンをフォークでひっくり返した。

「ちょっと考えてみろよ」アダムの口調は真剣だった。「僕らはどっちも女房はおろか女もいない。もちろん子供もいない。しかも、毎日こんな調子じゃ、女房を探す暇なんてないから、いつまでたっても家族なんてできそうにない。なのに、クラークの土地を買い取ろう、値段さえ折り合えば、なんて考えている。いったい何のためだ」

「ありゃすばらしい土地だ。うちの土地と合わせたら、この界隈じゃ一番の農場になる……おい、兄貴は結婚を考えてるのか」

「いいや。だから、そのことさ。何年かしたら、僕らはこの界隈で一番の農場の持ち主だろう。寂しい老いぼれが二人、腰が抜けるほど働いているわけだ。そのうち、どちらかが死ぬ。立派な農場は、残された寂しい老いぼれのものになる。やがて、そっちも死ぬ……」

「いったい何の話だ。ちっともわからねえぞ。ああ、いらいらするぜ。言えよ。何を考えてるんだ」

「僕はいま全然楽しくない。いや、全然とは言わないが、とにかくあんまり楽しくない。ほんとうは働かなくてもすむのに、働きすぎるほど働いて、報いられることが何もない」

「じゃ、やめたらどうだ」チャールズが大声を出した。「さっさと出ていけよ。見張りが立ってるわけじゃねえんだ。南洋へでも行って、一日中ハンモックに寝転がっていたけりゃ、そうするがいいさ」

「そう怒るなよ」とアダムが穏やかに言った。「朝起きるのと同じことなんだ。起きたくもなし、寝ていたくもない。ここにいたくもないが、出ていきたくもない」

「いらいらさせるぜ」

「考えてみろよ、チャールズ。おまえはここが好きだろう」

「ああ」

「一生ここに住んでいたい？」

「ああ」

「そう簡単に言えるおまえが羨《うらや》ましいよ。いったい僕のどこが問題なんだと思う？」

「おっぱい恋しい病だな、そりゃ。今夜あたり、旅籠屋に行って治してもらったらどうだ」

「そうかもしれないが……女を買ってすっきりしたなんてことは、あまりない」

「相手が誰だって同じさ。目をつぶってりゃ、違いなんてわかりゃしねえ」

「軍隊には、インディアン女を囲ってるのが何人かいた……実はな、僕もそうなんだ。しばらくの間だったが」

チャールズは興味をそそられて、兄を見た。「兄貴がインディアン女を囲ってた？おやじが墓の中ででんぐり返ってるぜ。で、どうだった」

「悪くない。着る物を洗ってくれたり、繕い物をしたり。たまには料理もしてくれたし」

「そうじゃねえ……あっちはどうだったんだ」

「よかった。うん、よかった。なんか、こう、優しくて。柔らかくて優しいっていうか、穏やかで柔らかかっていうか」

「眠ってる間にナイフを突き立てられなくて、よかったじゃねえか」

「そんなことはしないよ。優しい女だった」

「なんだよ、その目つきは。そのインディアン女にずいぶん参ってたみたいじゃねえか」

「たぶんな」

「で、その女はどうなった」

「天然痘《てんねんとう》で死んだ」

「別の女を囲わなかったのか」

アダムの目には苦痛の色があった。「丸太みたいに死体を積み上げてな……二百体は超えていただろう……手足が突き出している丸太みたいにな。てっぺんに柴をのっけて、石油をかけて焼いた」

「インディアンは天然痘に弱いって聞いたことがある」

「インディアンがかかると死ぬ……おい、ベーコンが焦げてるぞ」

チャールズは慌ててレンジに戻った。「かりかりでちょうどいいや。おれはかりかりが好きなんだ」そう言って、ベーコンを皿に移すと、卵を割り、たぎっているラードの中に落とした。卵は跳ね、縁を狐色のレースに変えていった。

「女教師がいてさ」とチャールズが言った。「見たこともないほどきれいな女だった。小さな足が可愛らしくてな。着る物はみんなニューヨークで買うって話だった。金髪で……だが、とにかく足が小さくて可愛らしかった。聖歌隊で歌ってたもんだから、みんな教会へ押しかけてよ、教会の入口は押し合い圧《へ》し合いだったぜ。ずいぶん昔のことだ」

「女房をもらおうと思ってるなんて書いてよこした頃か？」

チャールズはにやりと笑い、「たぶん」と言った。「この辺りの若いやつで、結婚熱に浮かされなかったのはいないと思うぜ」

「で、その先生はどうなった」

「だいたい見当がつくだろう。女どもが騒ぎはじめたのさ。寄ってたかって、あっという間に追い出しちまった。絹の下着を着てるとか、お高くとまってるとか、いろんなこと言われて、まだ学期が半分も終わってねえのに、教育委員会が解雇よ。足なんて、ほんと、こんなもんだったぜ。くるぶしを剝き出しにしてな。偶然みたいに装ってたが、いつもくるぶしを見せてた」

「で、その先生とは知り合いになれたのか」

「いや。教会へ行っただけさ。それも、中にはほとんど入れなかったがな。あんなにきれいじゃ、こんな小さな町にはいられねえ。みんな気になってしかたがねえ。悶着《もんちゃく》の種だ」

「サミュエルズの娘を覚えてるか。あれもきれいだったな。あの娘はどうなった」

「同じよ。悶着の種。ここを出て、フィラデルフィアに住んでるらしい。婦人服の仕立てをやってて、一着作るだけで十ドルだそうだ」

「僕らもここを出るべきかもしれん」

「まだ言ってやがる。カリフォルニアか？」

「ああ、どうしてもな」

　チャールズの癇癪玉が破裂した。「出ていけ」と怒鳴った。「ここから出ていけ。兄貴の分を買うんでも、おれの分を売るんでもいい。とにかく、出ていきやがれ、こんちくしょうの……。いや、最後のは取り消す。だが……ええい、くそっ、兄貴にはいらいらするぜ」

「出ていくよ」とアダムが言った。

3

三カ月後に絵葉書が届いた。裏にはリオデジャネイロの入江のカラー写真があり、表にはインクの垂れるペンで「そっちが冬でも、こっちは夏だ。おまえも来ないか」と書いてあった。

さらに六カ月後、今度はブエノスアイレスから葉書が来た。「チャールズ、ここは何たる大都会だ。ここの連中はフランス語もスペイン語も話すぞ。本を一冊送る」

だが、本は届かなかった。チャールズは冬中ずっと待ち、春になっても待ちつづけたが、本は来ず、代わりにアダム本人が帰ってきた。褐色に焼け、服にはどこか外国らしさがあった。

「元気だったか」とチャールズが言った。

「ああ。本は届いたか」

「いや」

「どうしたんだろう。絵入りの本を選んだのに……」

「しばらくここにいるのか」

「そうなるな。あの国のことを話してやるよ」

「そんなものは聞きたくねえ」

「おいおい、なんでそう意固地なんだ」

「おれにはいまから目に見えるようだぜ。そっくり同じことの繰り返しさ。兄貴がおとなしくしてるのは、せいぜい一年くらいよ。だんだん落ち着かなくなって、おれをいらいらさせるんだ。腹を立て合う。次に他人行儀になる――こいつはもっと悪い。で、二人とも爆発して、兄貴が出ていって、また帰ってきて、同じことの繰り返しだ」

「じゃ、僕にいてほしくないのか」

「そうじゃねえ。兄貴がいねえと寂しいぜ。それでも、同じことの繰り返しになるのがわかるんだ」

チャールズの言うとおりだった。しばらくの間、二人は小さい頃の思い出を語り合い、さらにしばらくの間、別れ別れだった頃の出来事を語り合った。だが、やがて不愉快な沈黙が現れはじめ、何時間も無言で働きつづける日があり、他人行儀へ、さらに怒りの爆発へと進んだ。時間は無限にあり、その歩みは堪えられないほど遅々としていた。

ある夕方、「僕ももう三十七だ」とアダムが言った。「三十七……人生の半分だ」

「ほら、きた」とチャールズが言った。「人生を無駄遣いしてるってか？　なあ、兄貴、今度は喧嘩なしですまそうじゃねえか」

「というと？」

「つまりだ、いつもどおりだと、これから三、四週間喧嘩がつづいて、結局、兄貴は出ていく。だからさ、いらいらしてきたら、そのまま家を出てってくれねえか。中間の面倒が省略できらあ」

アダムが笑い、部屋の中の緊張が消えた。「頭のいい弟でよかったよ」と言った。「よし、もやもやが溜まってきたら、喧嘩しないで出ていくとしよう。うん、それがいい。ところで、チャールズ、おまえはますます金持ちになっているんだろう？」

「そこそこやってるが、金持ちとは言わん」

「村の四つの建物と旅籠屋を買ったとも言わないよな？」

「ああ、言わん」

「だが、買っている。この農場は界隈一の見事さだし、たいしたものだよ、チャールズ。というわけで、新しい家を建てるっていうのはどうだ。風呂があって、栓をひねると水が出て、水洗便所のある家だ。もう貧乏人じゃないんだからさ。それどころか、おまえはこの地方一番の金持ちだって、みんな言っているぞ」

「新しい家なんていらねえ」チャールズはぶっきらぼうに言った。「突拍子《とっぴょうし》もない考えはやめてくれ」

「外へ出ないで用を足せたらいいと思わないか」

「新しがりはやめろ」

　アダムはなんだか愉快になった。「じゃ、僕があそこの木立のわきに小さくてきれいな家を建てようかな。おい、どう思う。別れて住めば、お互い、神経に障らずにすむぞ」

「この土地にそんな家はいらねえ」

「土地の半分は僕のものだ」

「おれが買い上げる」

「だが、僕は売る必要がない」

　チャールズの目が光った。「家なんか建ててみろ、おれが焼き払ってやるからな」

「おまえならやりかねないな」アダムは急に真顔になって言った。「確かにやりかねない。おや、どうした、妙な顔をして……」

「このことはずいぶん前から思ってた」とチャールズがゆっくり言った。「兄貴のほうから言い出してくれるのを待ってたが、言ってくれそうにねえ」

「何のことだ」

「百ドル送れって電報をよこしたの、覚えてるだろう」

「もちろん。おかげで命拾いした。それで？」

「あの金を返してもらってねえ」

「まさか……」

「いや、返してもらってねえ」

アダムは古いテーブルを見下ろした。かつてここにはサイラスがすわり、木の義足をこつこつと棒で叩いていた。テーブルの中央には古い石油ランプが吊るされ、丸いロチェスター芯から、ちらちらと揺れる黄色い光を投げている。

「すまない。明日の朝、払うよ」アダムはゆっくりと言った。

「時間的猶予はたっぷりやったつもりだ」

「そのとおりだ、チャールズ。当然、思い出すべきだった」そう言って言葉を切り、何か考えていたが、「あの百ドルな、何に必要だったかわかるまい」と言った。

「尋ねなかったしな」

「僕も話さなかった。たぶん、恥じてたんだな。あのな、チャールズ、僕は囚人だった。で、脱走した」

チャールズの口がぽかんと開いた。「いったい何のことだ」

「これから話す。あちこちほっつき歩いているときに浮浪罪でつかまってな、道路工事班に入れられた。夜は足かせさ。六カ月で釈放されたんだが、その場でまた逮捕だ。

あの辺じゃ、そうやって道路をつくる。あと三日で二度目の刑期が終わるというときに、逃げた。ジョージアの州境を越えて、着る物を店から盗んで、おまえに電報を打った」

「信じられねえ」とチャールズが言った。「いや、信じる。兄貴は嘘を言わねえもの。信じるよ。なぜ話してくれなかった」

「たぶん恥じたからだが、あの金を返さずにいたなんて、もっと恥ずべきことだった」

「金のことはもういい。だいたい、言い出すべきじゃなかった」

「とんでもない、チャールズ。明日の朝、必ず払う」

「なんてこった。おれの兄貴は囚人か」

「そんなに嬉しそうな顔をしなくてもよかろう」

「なんでかな。おれの兄貴が前科者だなんて、なんだか誇らしいぜ。兄貴、教えてくれ。なんで刑期終了の三日前まで待って脱走なんだ」

アダムはにやりとし、「理由は二つ、いや三つある」と言った。「刑期を終えて出たんじゃ、その場でまた逮捕される恐れがあったのが一つ。最後の最後まで待てば、まさか脱走するとは誰も思うまい。これが二つ」

「なるほど。で、あと一つは？」

「これが最大の理由だと思うんだが、いちばん説明しにくい理由でもあるな。なんと言うか、州に六カ月の借りがあるような気がしていた。それが判決だったからな。さっさと逃げたんじゃ、州をだますことになる。でも、三日なら勘弁してもらえるんじゃないか」

チャールズは吹き出した。「この大ばかやろうのとんちきめ」と罵《ののし》ったが、その声には愛情が籠っていた。「店に泥棒に入ったってのは？」

「盗んだ物の代金は、一割の利息をつけて送っておいた」

チャールズが身を乗り出し、「兄貴、道路工事班の話をしてくれよ」と言った。

「いいとも、チャールズ、いくらでも話してやるぞ」

第十一章

1

　牢屋入りの話を聞いてから、チャールズはアダムをいっそう尊敬するようになった。完璧でないものは、憎めない。完璧ではない兄は、だから暖かく接するべき対象になった。アダムはときどきチャールズのその気持ちにつけ込み、誘惑してみることがあった。

「おい、チャールズ。僕らにはしたいことを何でもできるだけの金がある。そのことを考えてみたことがあるか」

「ふん。で、おれたちは何をしたいんだ」

「たとえば、ヨーロッパへ行ける。パリを歩き回れるぞ」

「おい……あれは何だ」

「あれって……？」

「ポーチに誰かいるような音がした」

「猫じゃないか」

「かもな。そのうち、何匹か間引かなくちゃならん」

「でな、チャールズ、エジプトへも行って、スフィンクスを見物できる」

「あるいは、ここにとどまって金をもっと有効に使うこともできらあ。さっさと仕事に出かけて、充実した一日を過ごすこともできるしな。おっ、猫のやろう……」チャールズは戸口に飛んでいって、ぐいとドアを開け、「この……」と叫びかけて言葉を呑み込んだ。そのままポーチに上がる階段をじっと見つめつづけ、アダムも何事かと弟の横に並んだ。

汚いぼろ切れと泥の塊が、階段を這い上がろうとしていた。一本の細い手が爪を立てるようにして一段、また一段と上り、力なく垂れている反対側の腕を引き上げた。顔には血や泥がこびりつき、唇はひび割れ、黒く腫れあがった瞼の奥から目が覗いた。額が割れ、もつれた髪の毛の中へ血が流れていた。

アダムは階段を下り、その人影の横に膝をついた。「おい、手を貸せ」と言った。「中へ運び込むぞ。そっちの腕に注意しろ。折れているようだ」

二人で家の中へ運び込むと、女は気を失った。

「僕のベッドに寝かせよう。チャールズ、おまえは医者を呼びにいってくれ」

「馬車を出して、乗っけてったほうがいいんじゃねえか」

「この状態で動かすのか。おまえ、正気か」

「兄貴よりはな。ちょっと考えてみなよ」

「何を」

「男が二人きりで住んでるんだ。その家にこんなのを入れたらどうなる」

アダムは驚いて、「本気でそんなことを思っているのか」と言った。

「本気よ。医者に連れてったほうがいい。二時間もすりゃ、郡中に知れ渡るぜ。こいつはいったいどういう女なんだ。どうやってここへ来た。何があったんだ。兄貴、家に入れるのは危険だ」

「おまえが行かないなら、僕が行く」アダムは冷ややかに言った。「おまえはここに残ってくれ」

「こんなことをしちゃいかんと思う。行くことはおれが行くが、絶対後悔するぜ」

「後悔は僕が引きうける。とにかく行ってくれ」

チャールズが出ていったあと、アダムは台所に行き、やかんの湯を洗面器にあけた。

寝室に持っていき、湯にハンカチを浸して、女の顔にこびりついている血と泥を少しずつ落とした。女の意識が——まだ朦朧とはしているが——なんとか戻ったようだ。青い目がアダムを見て光った。アダムは昔を思い出した。あれもこの部屋、このベッドだった。継母が濡れた布を持ち、覆い被さるように立っていた。湯が傷口にしみるときの痛みまでよみがえった。あのとき、継母は何かを繰り返し繰り返しつぶやいていた。何と言っていたのだったか……。耳に入っていたはずだが、いまでは思い出せなかった。

「大丈夫」と女に言った。「医者を呼びにいっている。すぐに来てくれるだろう」

女の唇が少し動いた。

「口をきかないでいい。何も言わなくていい」とアダムは言った。ハンカチで優しくこすりつづけているうちに、大きな暖かさが全身に満ちてきた。「ここにいるといい。いつまででも、いたいだけここにいるといい。僕が看病してあげよう」ハンカチを絞り、もつれた髪を軽く叩いて、頭の傷にめり込んでいる毛を引き出してやった。

あれをやり、これをやりながら、自分がひっきりなしにしゃべっているのがわかった。まるで他人がしゃべっているように感じられた。「さあ、これは痛いかな？　目がかわいそうに……茶色の紙を当ててやろう。大丈夫、治るよ。額の傷はちょっとひどいな。もしかしたら痕が残るかもしれない。君の名前を教えてくれないか。いや、言わなくていい。時間はいくらでもある。慌てることはないよ。おっ、聞こえたかい？　先生の馬車が着いた。早かっただろう？」アダムは台所の戸口に立った。「こっちへ、先生。病人はここです」そう声をかけた。

2

女の傷はひどかった。左腕と肋骨三本が折れ、顎にひびが入っていた。頭蓋骨にもひびが入り、左側の歯が何本か欠け、頭皮が破れて、額には骨にまで達する裂傷があった。医者の目で外から確認できた傷はそんなところだが、あの当時にエックス線でもあれば、きっともっと多くの負傷箇所が見つかっていただろう。医者は女の腕を添え木で固定し、肋骨を包帯で固め、頭皮を縫った。ピペットをアルコールランプの熱で曲げ、ガラスの管を作ると、それを歯が欠け落ちてできた隙間に差し込んだ。これで、ひびの入った顎を動かさなくても、水や流動食がとれる。次に大量のモルヒネを注射し、阿片の錠剤を一瓶ベッドわきに置くと、手を洗って上着を着た。部屋を出るとき、怪我人はもう眠っていた。医者は台所に来て、テーブルの前に腰を下ろし、チャールズが出した熱いコーヒーを飲んだ。

「さて、聞かせてもらおう。あの女に何があった」

「知るわけがねえ」チャールズがむっとしたように言った。「ポーチに倒れてたんだ。道に這いずった跡が残ってるだろうから、たどっていったら、何かわかるんじゃねえか」

「何者なんだ」

「さあな」

「君は旅籠屋へ行くだろう？　あそこの女じゃないのか」

「最近はとんとご無沙汰だ。ま、見たことがあっても、あんな状態じゃわからねえな」

医者はアダムのほうに顔を向けた。「君はどうだ。前に見かけたことは？」

アダムはゆっくりとかぶりを振った。

「先生、いったい何を探ってるんだ」とチャールズが激しい口調で言った。

「知りたいかね？　なら、言っておこう。あの女はひどいことになっているが、もちろん、自然になったわけじゃない。誰かにああされた。きっと、あの女を相当に嫌ってるやつがいたんだな。もっとはっきり言えば、誰かが殺そうとしたってことだ」

「本人に尋ねてみたらどうだ」とチャールズが言った。

「当分、口はきけんだろう。それに、頭蓋骨にひびが入ってるから、あれがどう出るかだな。私がいま悩んでいるのは、シェリフにご登場を願う場面かどうかということだ」

「だめです」とアダムが言った。あまりに強い口調に、二人が思わずアダムの顔を見た。「そっとしておいてやるのがいい。休ませてやってください」

「誰がめんどうをみるんだ」

「僕がみます」とアダムが言った。

「おい、兄貴」とチャールズが口をはさもうとした。

「口出ししないでくれ」

「兄貴だけの家じゃねえぞ。おれの家でもあるんだ」

「僕に出ていけということか」

「そんなこと言ってねえだろ」

「いや、あの女を追い出すのなら、僕も出ていく」

「二人とも、落ち着け」と医者が言った。「アダム、なぜそんなに肩入れをする」

「誰だって、怪我をしている犬は追い出さないでしょう」

「たかが犬なら、そんなに躍起にもなるまいよ。何か隠しているのか。君は、昨夜、外出したか。やったのは君なのか」

「兄貴はずっとここにいたぜ」とチャールズが言った。「汽車みたいな大鼾《おおいびき》かくから間違えようがねえ」

「そっとしておいてやればいいじゃありませんか」とアダムが言った。「治るまで、静かにしておいてやれば……」

医者は立ち上がり、手の埃を叩き落としながら、「アダム」と呼んだ。「君の父親は、私の古い友人だ。君のことも家族のことも、私は昔から知っている。君はばかではない。だから、ごく普通のことがわからないはずはなかろう。なぜそんな駄々っ子みたいなことを言う。駄々っ子には、それなりの話し方をせねばなるまい。いいか、あの娘は襲われたのだぞ。誰がやったにせよ、殺すつもりだったことは確かだ。それをシェリフに報告しなかったら、私は法律を犯すことになる。そりゃな、私も法律に違反したことがないとは言わんが、これは話が別だ」

「報告はどうぞ。しかし、もう少しよくなるまで、何もさせないでください」

「自分の患者にやたら手出しをさせないのが、私の流儀だ。それは君にも当てはまるんだが、それでもあの女をここに置いておきたいんだな？」

「ええ」

「ま、好きにするさ。明日また顔を出す。よく眠るはずだ。もし欲しがったら、あのチューブから水と暖かいスープを飲ませてやれ」医者はそう言って、出ていった。

チャールズは兄に向き直った。「兄貴よ、一体全体どういうつもりだ」

「ほっといてくれ」

「魔でも差したか」

「ほっといてくれ。頼むから、ほっといてくれ」

「ちぇっ」チャールズはそう言って、床に唾を吐き、いらだたしげに仕事に出ていった。

弟が行ってくれて、アダムはほっとした。台所の中を動き回り、朝食の皿を洗い、床を掃除した。台所の片づけが終わると、いまは女の病室になった自分の部屋に入り、ベッドのわきに椅子を引き寄せた。モルヒネの効き目で、女はしきりに鼾をかいている。顔の腫れはだいぶ引いたが、目には黒い痣ができ、相変わらず腫れがひどい。アダムはすわったまま、身動きもせずに見ていた。添え木を当てた左腕が腹の上にあり、右腕は上掛けの上に出ている。指が自然に曲がって、手全体が鳥の巣のように見える。

子供のような手だ、と思った。いや、赤ん坊の手といってもいいかもしれない。女の手首に触れると、アダムの指に反応して、手がぴくりと動いた。手首は暖かかった。恐る恐る女の手を開き、指先の小さなふくらみに触れてみた。指はピンク色で柔らかく、手の甲の皮膚には、下に真珠の層でも隠れているような艶がある。嬉しさで、アダムの口から笑いが漏れた。そのとき女の呼吸が止まり、アダムは電気に打たれたように緊張した。だが、喉で舌打ちのような音がし、またリズミカルな鼾が始まった。アダムは女の手と腕をそっと上掛けの下に入れてやり、抜き足差し足で部屋を出た。

数日間、キャシーはショックと阿片がもたらす暗闇の中にいた。皮膚が鉛のように感じられ、痛さもあってほとんど身動きできなかった。だが、周囲の動きには気づいていた。徐々に、頭と目から靄が晴れていき、そこに二人の若い男がいた。一人はときおり顔を出すだけだが、もう一人はいつもそばにいる。ほかにときどきやってくる男がいて、これは医者だろう。さらにもう一人、背の高い痩せた男がいる。他の誰よりも気になる男だった。気になる裏には恐怖があった。薬で眠らされている間に五感が恐怖のもとを拾い上げ、どこかにしまい込んでいたのだろうか。

少しずつ、キャシーの心は意識に残る最後の数日を思い出し、組み立て直した。エドワーズ氏の顔が見えた。自信に満ちた穏やかな顔が溶解し、一転、強烈な殺気をみなぎらせた。生まれてこのかた、あれほど恐ろしかったことはない。恐怖というものを初めて知り、逃げ道を探す鼠《ねずみ》のように慌てふためいた。エドワーズ氏は火事のことを知っていた。どうやって知ったのだろう。他にも知っている人がいるのだろうか。それを思うと、正体不明の恐怖が体の内側から突き上げてきて、吐き気がした。

耳に聞こえてくる会話から判断して、背の高い男は郡のシェリフのようだ。わたしを尋問したがっている。若い男のうちの一人、アダムと呼ばれるほうは、尋問をさせまいとしている。シェリフは火事のことを知っているのだろうか。たぶん……。

声高なやり取りを聞いているうち、とるべき戦術が見えてきた。「名無しの権兵衛ってことはないぞ」とシェリフが言っている。「誰なのか知っている者もいるはずだ」

「顎が折れていて、どうして答えられるんです」とアダムの声。

「右ききなら、筆談ができる。いいか、アダム、誰かがあの女を殺そうとしたんだ。そうなら、早いうちにつかまえたほうがよかろう。鉛筆を一本貸せ。わしに話させろ」

「先生も言っていたでしょう。頭にひびが入っているんです。思い出せるかどうかもわからないんですよ」

「とにかく、紙と鉛筆を貸せ。やってみればわかる」

「しつこくしないでほしいんです」

「アダム、おまえがどうしてほしいの、こうしてほしくないのは関係ない。そんな問題じゃないんだ。さあ、紙と鉛筆をよこせ」

つづいて、別の男の声がした。「どうかしてるぜ、兄貴。まるで兄貴がやったみたいに聞こえるじゃねえか。鉛筆を貸してやれよ」

三人の男が部屋にそっと入ってきたとき、キャシーは目を閉じていた。

「眠っていますよ」とアダムがひそひそ声で言った。

キャシーは目を開け、三人を見た。

背の高い男がベッドわきに来た。「お嬢さん、手早くすませます。わしはここのシェリフです。口がきけないことはわかっているが、これにちょこっと書いてもらえるだろうか」

キャシーはうなずこうとして、痛さに震えた。だから、何度か瞬きをして同意を伝えた。

「偉いぞ」とシェリフが言った。「見な。やると言ってる」そして、女の体の横に便箋を置き、手に鉛筆を握らせた。「これでいいかな。まず、あんたの名前を教えてほしい」

三人の男は女の顔を見つめていた。女の口が一直線に結ばれ、目が細められた。次にその日が閉じ、鉛筆が動き出して、のたくるような字で大きく「わからない」と書いた。

「よし、紙を替えよう。覚えていることがあったら、何でもいい、書いてくれ」

「まっくら。かんがえられない」そこまで書くと、鉛筆が便箋からはみ出した。

「自分が誰か、どこから来たか、思い出せないか。考えてみてくれ」

女は必死の努力をしているように見えた。だが、やがてあきらめ、悲しそうな表情になった。「だめ。ごちゃごちゃ。たすけて」と書いた。

「かわいそうにな」とシェリフが言った。「やってみてくれて、ありがとうよ。もっとよくなってから再挑戦だ。いや、いまはもう書かなくていい」

鉛筆が「ありがとう」と書き、女の指から落ちた。

これで、シェリフもキャシーのものになった。シェリフとアダムが同じ側に立ち、チャールズだけが向こう側にいた。だが、キャシーが用を足すときは、チャールズもアダムを手伝わざるをえない。痛くないように便器を使わせるには、どうしても二人の力が必要だったから。そのときのチャールズの暗く不機嫌な顔を、キャシーはじっと観察した。額の傷痕を見て、なぜか不安になった。その傷痕を、チャールズはしょっちゅうこすり、その輪郭をなぞっていた。手を触れずにはいられないようだった。一度、キャシーに見られていることに気づき、ばつが悪そうに自分の指を見ていたが、「心配いらんぜ」と乱暴に言った。「あんたにもちょうどこんなのができる。おれのより立派かもしれねえな」

キャシーが微笑みかけると、そっぽを向き、ちょうど温かいスープをもってアダムが部屋に戻ったのをしおに、「町でビールでも飲んでくらあ」と出ていった。

3

これほど幸せだった記憶は、アダムにはない。女の名前がわからないことも気にならず、キャシーと呼んでほしいと言われれば、それで十分だった。母や継母が使ったレシピをあれこれひっくり返し、キャシーのために料理をした。

生命力の強い女だった。回復は目覚ましく、頬の腫れが引いて、回復期の美しさが顔に現れてきた。すぐに、手を借りれば上体を起こせるようになり、すわれるようになった。慎重になら口の開け閉めができるようになり、あまり噛まなくていい柔らかい食べ物は、自力で食べられるようになった。額にはまだ包帯があるが、あとは、歯が折れた側の頬が窪んでいるくらいで、顔のどこにも目立つ傷痕が残らなかった。

だが、大きな困難を抱えている状況は変わらない。もう十分にしゃべれるようになってからも、キャシーはほとんど口をきかず、逃げ道を必死で探し求めていた。

ある日の午後、台所で人の動く気配があった。「アダム、あなた？」と声をかけた。

「いや、おれだ」とチャールズの声が返ってきた。

「ごめんなさい。ちょっとここへ来てくださらないかしら」

チャールズが戸口に立った。不機嫌そうな目をしていた。

「あなたはあまり来てくださらないのね」

「ああ」

「わたしがお嫌い？」

「まあな」

「なぜか教えてくださる」

チャールズはやや迷い、「あんたを信用できねえ」と言った。

「なぜ」

「さあな。まず、記憶をなくしたなんてのが信じられねえ」

「でも、わたしがなぜ嘘をつくの」

「わからん。だから信用できねえのよ。何かある……何か。ここまで出かかってるんだが」

「わたしと会うのは初めてなのに？」

「初めてか……たぶんな。だが、あんたの何かが気になる。わかってて当然の何かがな。それに、初めてってのも、どうだかわからねえ」

キャシーは黙ったが、チャールズが行きかけるのを見て、「待って」と呼び止めた。

「これからどうなさるつもり？」

「何をだ」

「わたしを」

チャールズは新しい興味を掻き立てられた目でキャシーを見た。「ほんとのことを知りたいか」

「でなかったら、尋ねないわ」

「さあて、どうしたもんか。だが、これだけは言っておくぜ。できるだけ早くここから出ていってもらう。兄貴は正気をなくしてるが、そのうち、ぶん殴ってでも立ち直らせる」

「そんなことできるのかしら。あの方だって大男なのに」

「ああ、できる」

キャシーはじっとチャールズを見た。「アダムはどこ」

「町だ。あんたの麻薬の補充だとさ」

「あなたは嫌な人ね」

「おれがどう思っているか教えようか。あんたの半分も嫌な人間じゃないと思うぜ。そのきれいな肌の下で、あんたの本性は悪魔だからな」

キャシーは低く笑った。「じゃ、この部屋には悪魔が二匹だわ。チャールズ、わたしにどのくらいくれるの」

「何をだ」

「時間よ。わたしを追い出すまでの時間。ほんとうのことを言って」

「よし。一週間だな。待っても十日。動き回れるようになりしだいだ」

「もし出ていかなかったら？」

チャールズはにやりと笑って女を見た。来《きた》るべき戦いに舌なめずりしているように見えた。「いいことを教えてやろう。あの薬を飲んだとき、あんたは何をしゃべったか知ってるかい……寝言でさ」

「嘘よ、そんなこと……」

女の口元が急に緊張し、それを見て、チャールズは笑った。「嘘だと思うんなら、ご勝手にだ。ま、来たところにさっさと戻るってんなら、おれも黙っててやる。だが、下手にぐずぐずしてみな、おれは口を開くぜ。ってことは、シェリフが知るってことだ」

「都合の悪いことなんて言うはずがない。何が言えるってのよ」

「ここで言い争うつもりはねえ。おれには仕事があるからな。あんたがきくから、教えてやったまでだ」

チャールズは外へ出た。鶏小屋の裏側で腹を抱え、腿を引っぱたきながら大笑いした。「もっと頭のいい女かと思ったぜ」そう独り言を言った。何日ぶりかで気分が晴れた。

4

キャシーはチャールズにひどく怯えた。チャールズに正体を見抜かれ、同時にキャシーも相手の正体を見た。同じ臭いのする男に初めて出会った、と思った。チャールズの考えのたどる方向を見通し、その行き着く先に怯えた。わたしには保護と休息が必要。お金をなくしたいま、誰かの庇護《ひご》が必要。それも当座だけでなく、当分の間。なのに、わたしはあの男を操れない……。キャシーは疲れ、気分が悪かったが、心は可能性を探って敏捷《びんしょう》に駆け巡った。

アダムが鎮痛剤一瓶を手に町から戻った。大匙一杯ほどもその薬を注ぐと、「味はすごいが……」と言った。「だが、よくきくそうだから」

キャシーは嫌がりもせず、大して顔をしかめることもなく、それを飲んだ。「いつもよくしてくださって」と言った。「なぜですの。ご迷惑でしょうに」

「迷惑？　とんでもない。君のおかげで家中が明るくなった。ひどい怪我なのに、泣き言一つ言わずに偉いものだ」

「あなたは優しくて、親切な方ね」

「そうありたいとは思っているが……」

「いまからどちらかへ？　しばらくお話ししてはいけないかしら」

「喜んで。どのみち、大した仕事はしていない」

「椅子をお寄せになって、アダム。すわってくださいな」

アダムが腰を下ろすと、キャシーが右手を差し出した。アダムはそれをとり、自分の両手を重ねた。「優しくて、親切な方」とキャシーは繰り返した。「あなたは約束を守ってくださるかしら、アダム」

「ああ、守る。どんな約束だろう」

「わたしは独りぼっちで、怖いんです」そう言って、泣いた。「怖いんです」

「僕では助けにならないだろうか」

「わたしを助けられる人は誰もいない」

「とにかく話してごらん。それからだ」

「それが……アダム、それが……話すこともできないの」

「なぜ。秘密なら守る。口外はしない」

「わたし自身の秘密ではないから。わかっていただけるかしら」

「いや……わからない」

キャシーの指がアダムの手を固く握った。「アダム、わたしは記憶を失ってはいないの」

「じゃ、なぜ、失ったと……」

「それをこれからお話しします。ねえ、アダム、あなたはお父さんを愛してらした？」

「愛していたというより……尊敬のほうかな」

「そう。じゃ、あなたの尊敬している人が困っているとして、その人を破滅から救うためならどんなことでもやろうと思わないかしら」

「もちろん。きっとそう思う」

「それがいまのわたしなの」

「でも……君の怪我は？」

「それもひっくるめて、いまのわたし。お話しできないのもそのせいなの」

「じゃ、君のお父さんが……？」

「そうじゃない。でも、いろいろなことが絡み合って……」

「つまり、君に傷を負わせたのが誰だかを言うと、お父さんに迷惑がかかる？」

キャシーは溜息をついた。ここはアダム自身に物語を作らせなければならない。

「アダム、わたしを信用してくださる？」

「もちろん」

「信用してほしいなんて言えた立場ではないのに……」

「そんなことはない。君がお父さんをかばおうとするのは当然だ」

「わかって。わたしの秘密ではないの。わたしの秘密なら、すぐお話しするのだけれど」

「もちろん、わかる。僕だってきっと同じようにするだろうよ」

「アダム、ありがとう」目に涙が盛り上がった。それを見てアダムが上体をかがめると、キャシーがその頬にキスをした。

「心配はいらない。僕が君の面倒をみる」

キャシーは頭を枕に戻し、「それはできないと思うわ」と言った。

「なぜ」

「だって弟さんが……わたしを嫌って、早くここを出てほしいと思っているんですもの」

「チャールズがそう言ったのか」

「そうじゃなくて、わたしがそう感じるだけ。あの方は、あなたのようにわかってくださらない」

「心の中はいいやつなんだ」

「もちろん、そう。でも、あなたのように親切ではないわ。ここを出たら、わたしはまた独りぼっちだし、シェリフの尋問も始まるでしょうし……」

アダムは宙をにらんでいたが、「弟に君を追い出させはしない」と言った。「この農場の半分は僕のものだ。僕自身にも多少の金はある」

「でも、弟さんが望むなら、わたしは行かなくては。あなたの人生に波風をたてたくないもの」

アダムは立ち上がり、大股に部屋を出ていった。裏口に立ち、午後の風景を見やった。遠く野の端で、チャールズがそりから石を持ち上げては、石塀に積み重ねている。空を見上げると、東のほうから一面に鰯雲《いわしぐも》が広がりつつあった。アダムは大きく深呼吸をした。胸が息にくすぐられる感じがあり、わくわくする思いが込み上げてきた。聴覚が急に鋭敏になった。鶏の鳴き声に、東から野を渡ってくる風の音、道をゆく馬の蹄の音……。遠くから木を叩く音が響いてきて、これは隣人が納屋の屋根を葺《ふ》いている音だとわかる。すべての音が結び合い、音楽を奏《かな》でているように思えた。目にも曇りがなかった。黄色い午後の光の中に、柵と塀と小屋がくっきりと浮き上がり、これもやはり結び合っていた。あらゆるものに変化が見てとれた。群雀《むれすずめ》が地上に舞い降り、食べ物を漁って、また舞い上がる。まるで、灰色のスカーフのようだと思った。光の中でそれは広がり、よじれた。弟に視線を戻した。時間の感覚が失われていた。

僕はこの裏口にどのくらい立っていたのだろう、と思った。

だが、時間は止まっていた。チャールズが格闘している大石は、さっきの石と同じだ。さっき胸いっぱいに吸い込んだ息は、まだ吐き出されずに残っている。

突然、喜びと悲しみが複雑に交じり合い、一つになった。勇気と恐れも一つになった。気がつくと、なぜか鼻歌を歌っていた。アダムはくるりと向きを変え、台所を通って、病室に戻った。戸口に立ってキャシーを見、キャシーが弱々しく微笑みかけてくるのを見た。まだ子供ではないか、と思った。無力な子供だ……。アダムの胸に愛情があふれた。

「僕と結婚してくれるだろうか」と尋ねた。

キャシーの顔が緊張し、手が痙攣を起こしたように握り締められた。

「いま返事をくれなくてもいい。ぜひ考えてみてほしい。結婚してくれるなら、僕は君を守る。もう誰にも傷つけることなどさせない」

キャシーはすぐに立ち直った。「ここへ来て、アダム。そこにすわってくださいな。そして、あなたの手をここへ……そう、ありがとう」アダムの手をとり、持ち上げると、甲を自分の頬に押し当てた。「あなた」と乱れがちな声で言った。「ああ、アダム。あなたはわたしを信じてくださった。一つ、わたしに約束して。わたしにいま言ったこと、弟さんには黙っていると約束して」

「結婚してくれと言ったことをかい？　なぜ？」

「ずっとというのじゃなくて……ただ、今晩一晩考えてみたいの。一晩だけじゃ足りないかもしれない。ね、考えさせてくださる？」そう言って、手で自分の頭に触れた。

「ほら、ちゃんと考えられるかどうか自信がなくて……でも、ちゃんと考えたい」

「結婚してくれる可能性くらいはあるだろうか」

「お願い、アダム。独りで考えさせて。お願いします、あなた」

アダムはにこりとした。だが、不安そうに「あまり待たせないでほしい」と言った。

「僕の心境は、木の上のほうまで登りすぎて、下りられなくなってる猫と同じだ」

「とにかく考えさせて。アダム、あなたはほんとうに親切な方だわ」

アダムは外へ出て、石を積み上げるのを手伝おうと、弟のほうへ歩いていった。

アダムが行ってしまうと、キャシーはベッドからそっと起き出した。おぼつかない足取りで簞笥まで歩き、腰をかがめて鏡に顔を映した。額にはまだ包帯がある。端を少し持ち上げると、その下で傷が赤く怒っていた。アダムと結婚する決心はついていた……というより、申し込まれる前からそのつもりでいた。キャシーは怖かった。エドワーズ氏には震え上がった。これまでの人生で、自分が状況を支配できなかったのは、あのときをおいてほかにない。あんなことが二度とあってはならない。ただ、いまは保護してくれる人間と金が必要で、アダムならその両方を与えてくれる。しかも思うように操れる。本心は結婚などしたくなかったが、当面、ひっそりと身を隠すには都合のよい相手だろう、と思った。ただ一つ、気がかりなのは、アダムが自分に示してくる暖かさだった。アダムはもとより、誰に対してもそんな暖かさを抱いたことがないキャシーにとって、それはとうてい理解できないものだった。

ふと、チャールズが何と言うだろうと思い、鏡の中の自分に笑いかけた。チャールズはわたしと同類。チャールズになら、いくら疑われようと少しも気にならない。

5

アダムが近づいてくるのを見て、チャールズは腰を伸ばした。腰に掌を当て、疲れた筋肉をぐりぐりともみほぐした。「やれやれだぜ。なんて石の多さだ」と言った。「軍隊仲間の話だと、カリフォルニアには広い盆地があるそうだ。平らな土地が何マイルも何マイルもつづいて、石ころ一つないらしい。豆粒ほどの石もないんだと」

「石がなけりゃ、ほかのものがある」とチャールズが言った。「何の厄介物もねえ農場なんて、あるわけがねえ。中西部には飛蝗《いなご》だし、ほかは竜巻だ。石ころの二つ三つ、どうってことはねえ」

「そのとおりだろうな。さて、僕も手を貸すよ」

「そりゃご親切なこった。兄貴は、残りの人生、ずっとあいつの手を握って過ごすのかと思ったぜ。あの女は、いつまでいるつもりなんだ」

アダムは、危うく結婚の申し込みのことを話すところだった。だが、チャールズの声の調子がそれを思いとどまらせた。

「ところでな、兄貴」とチャールズが言った。「さっき、アレックス・プラットが来てな、あいつの身の上にえらいことが起こったらしい。一財産《ひと》見つけたんだと」

「何だ」

「アレックスの土地に、杉の木立が郡道に突き出してるところがあるだろう？　兄貴も知ってるはずだ」

「ああ。それで？」

「兎を狩っててな、途中、その杉木立と石塀の間を通ったんだと。そうしたらスーツケースが落ちててよ、男物の衣類がきちんと畳んで詰めてあったそうだ。雨でぐしょ濡れだったから、ずっとそこに落ちてたみたいだな。ほかに、鍵のかかった木箱があった。叩き壊してみたら、中に四千ドル近く入ってたんだと。それから女物のバッグも見つかったが、こっちは空っぽだったそうだ」

「名前も何もなしか？」

「そこが不思議なところだ。服に名前がねえし、スーツケースにもラベルがねえ。持ち主は、よほど探り当ててもらいたくなかったみたいだ」

「で、それはアレックスのものになるのか」

「ああ、シェリフのところに持ってった。シェリフが公告して、誰も名乗り出てこなかったら、アレックスのものになるようだ」

「だが、誰か名乗り出るだろう」

「おれもそうは思うが、アレックスには言えねえな。あんなに喜んでるのに、水を差したかねえ。ラベルが一つもないってのはおかしいぜ。切り取られたんじゃなくて。最初からねえんだ」

「大金だな」とアダムが言った。「絶対に誰か名乗り出てくるさ」

「あいつ、ここでしばらく油を売ってった……あいつの女房が金棒引き《かなぼうひ》だってのは知ってるよな？」チャールズはそう言って、しばらく黙り、思い切ったようにつづけた。

「こいつはぜひ聞いてもらいてえ。郡中が噂してる」

「何を？　何の噂だ」

「わかってるだろう……あれだよ、あの女。男が二人いるところへ女が一人転がり込んだ。こいつはまずい。アレックスが言うには、女どもが大騒ぎなんだとさ。やっぱりだめだぜ、兄貴。この土地に住んでるんだ。体面ってものがあらあ」

「まだ病人だぞ。それを放り出すのか？」

「おれとしては追い出してほしい。家から出てってもらいてえ。おれはあの女が嫌いだ」

「以前からな」

「ああ、そうだ。あの女は信用できねえ。何かあるんだ……何か。それが何かはわからんが、気に入らねえ。兄貴はいつあの女に出てってもらうつもりなんだ」

「こうしよう」とアダムはゆっくりと言った。「もう一週間待ってやってくれ。そうしたら、どうにかしよう」

「約束だな？」

「ああ、約束だ」

「よし、これで一《ひと》安心だ。アレックスの女房にそう言ってやろう。あとは、あの金棒引きがやってくれる。ほんとにやれやれだ。あの家にまた二人だけになれると思うと嬉しいぜ……まさか……あいつの記憶が戻ったのか？」

アダムは「いや」と答えた。

6

五日後、チャールズが牛の飼料を買いに出かけた。その留守に、アダムは馬車を出した。台所前のポーチに乗りつけると、キャシーの手をとって乗せ、一枚の毛布で膝をくるみ、もう一枚で肩を包んでやった。郡の役所まで馬車を走らせ、治安判事による結婚式をすませた。

戻ると、チャールズがもう帰っていて、台所に入ってきた二人に不愉快そうな顔を向けた。「そいつはもう汽車の中だと思ってたぜ」と言った。

「僕らは結婚した」とアダムが言った。

キャシーがチャールズに微笑みかけた。

「何？　なぜだ。なぜ結婚なんかした」

「していけない理由があるのか。一人前の男がなぜ結婚してはいけない」

キャシーは足早に寝室に入り、ドアを閉めた。

チャールズがわめきはじめた。「あれは悪い女だ。あれは売女《ばいた》だぜ、兄貴」

「チャールズ！」

「それも安物の売女だ。十セント預けるのも信用ならねえ。あの雌犬、あの尻軽女……」

「チャールズ、やめろ。やめるんだ。その薄汚い口で僕の妻の悪口を言うんじゃない」

「妻だと？　横町の猫並みのあいつが妻だと？」

「おまえのは焼餅《やきもち》だ、チャールズ」アダムがゆっくりと言った。「おまえもキャシーと結婚したかったんだろう？」

「このばかやろう。おれが妬《や》いてるだと？　あんな女とは同じ家に住むのもごめんだ」

「その心配はいらない」アダムが静かな声で言った。「僕が家を出る。僕の持ち分が欲しければ、買い取ってくれ。それで農場はおまえのものだ。それが望みだったろう？　ここで好きなように腐ってくれ」

チャールズの声が低くなった。「あの女を追い出してくれ、兄貴。頼むから、放り出せ。あいつは兄貴をずたずたにする。殺す。兄貴、身の破滅だぜ」

「ずいぶん何か知ってるような口振りじゃないか」

チャールズの目が暗くなった。「何も知らねえよ」そう言って、ぴたりと口を閉ざした。

食事に出てくるかどうか、アダムはキャシーに尋ねもしなかった。二つの皿を寝室に運び込み、横に腰を下ろした。

「僕らはここを出る」と言った。

「わたしが出ていくわ。お願い、行かせて。あなたが弟さんを憎むなんて、そんなことさせたくない。でも、あの方、どうしてわたしが嫌いなのかしら」

「嫉妬しているんだと思う」

キャシーの目が細くなった。「嫉妬？」

「僕にはそう見える。君は心配しなくていい。僕らはこの家を出る。僕らはカリフォルニアへ行こう」

「わたしはカリフォルニアへなんか行きたくない」静かな声だった。

「ばかな……とてもいいところだ。いつも太陽が輝いて、美しいところだ」

「わたしはカリフォルニアへなんか行きたくない」

「君は僕の妻だ」アダムはそっと言った。「その僕が君に行くことを望んでいる」

キャシーは黙り、もう二度とそのことを口にしなかった。

チャールズがドアを手荒く閉じて、出ていく音が聞こえた。「あれでいい」とアダムが言った。「少し酔っ払えば、気分も変わる」

「あの……アダム」キャシーは自分の指を見つめながら、遠慮がちに言った。「わたし、もう少しよくなるまで妻の務めを果たせないわ」

「ああ、わかっている。僕は待つよ」

「でも、そばにはいてほしい。チャールズが怖いの。わたしを憎んでるんですもの」

「僕もベッドをここへ運んでこよう。怖くなったら、僕を呼べばいい。手を伸ばせば、届くところにいるから」

「あなたはとてもいい方。お願いついでに、お茶を一杯いただけないかしら」

「いいとも。僕も飲みたい」アダムは、湯気の立っているカップを二個運んできた。また出ていって、今度は砂糖壺を持ってきた。キャシーのベッドわきに椅子を寄せ、そこにすわった。

「少し濃くはいっている。君には濃すぎるかな？」

「わたしは濃いのが好き」

アダムはお茶を飲み干し、「君のはどうだろうか」と言った。「僕のは妙な味がした」

キャシーは、はっとしたように口を手で押さえ、アダムのカップを手にとると、底に残った滓《かす》をすすった。「アダム」と大きな声を出した。「あなた、カップを間違えてる。これはわたしのカップで、中にお薬が入っていたの」

アダムは唇をなめた。「別に害はないだろう」と言った。

「ええ、害はない……でも」と言って、そっと笑った。「夜中にあなたを呼ぶ用事がないことを願うわ」

「えっ？」

「だって、これ、わたしの眠り薬ですもの。簡単には目を覚ましてくださらないわ」

アダムは目を開けていようとしたが、やがて阿片の重い眠りに沈んでいった。「医者はこんなに飲めと言っているのかい？」ろれつの回らない口でそう尋ねた。

「あなたは薬に慣れていないから……」とキャシーが言った。

チャールズは十一時に帰ってきた。キャシーの耳に、乱れた足音が聞こえた。チャールズは部屋に入り、服を脱ぎ捨てて、ベッドに横になった。しばらくは唸ったり、寝返りを打ったりした。やっと寝心地よい姿勢が見つかって、ふと目を開けると、ベッドのわきにキャシーが立っていた。「何の用だ」と言った。

「何の用だと思うのよ。ちょっと向こうへ寄って」

「アダムはどこだ」

「間違ってわたしの眠り薬を飲んじゃったみたい。ちょっと向こうへ寄ってよ」

チャールズは激しく息を吐いた。「おれはいま女を買ってきたばかりだぜ」

「あなたはけっこう強い男なんでしょ？　ちょっと向こうへ寄りなさいよ」

「折れてる腕はどうするんだ」

「そんなことはわたしの問題。あなたが心配することじゃないわ」

突然、チャールズが笑った。「兄貴も哀れなやろうだぜ」そう言って、毛布をめくり、女を迎え入れた。

本書には一部、差別的ともとれる表現が使用されておりますが、これは本書の歴史的、文学的価値に鑑み原文に忠実な翻訳を心がけた結果であることをご了承下さい。また、てんかんや他の病気に関する描写についても当時の知識に基づいて書かれており、必ずしも現在の医学常識と合致するものではありません。

早川書房編集部

解説／第一部　ジョン・スタインベックの肖像

慶應義塾大学文学部教授・アメリカ文学専攻
巽　孝之

1　アメリカ文学の神髄

二〇世紀を代表する文豪であり、一九六二年にはアメリカで六人目のノーベル文学賞受賞者となったジョン・アーンスト・スタインベック（一九〇二年～六八年）の傑作長篇小説『エデンの東』（一九五二年）が発表されて、とうに半世紀以上の歳月が経つ。にもかかわらず、本作品の人気は衰えぬばかりか、作家の生誕百周年を記念する二〇〇二年以降には、アメリカ国内のみならず我が国においても国際会議がつぎつぎに開かれ、ハリウッドにおける映画リメイクの話も進み、二〇〇五年には松本潤主演の舞台化が人気を呼んだ。

『エデンの東』は基本的には、キリスト教聖書の「カインとアベル兄弟」の確執物語を下敷きに「父と子」および「神と人間」の確執をも浮き彫りにしたトラスク家三代にわたる年代記である。我が国で言えば、山崎豊子の『華麗なる一族』（一九七三年）に連なる物語パターンと考えればよい。それが今に至るも愛され続けているのは、原作小説発表三年後にあたる一九五五年、エリア・カザン監督（一九〇九年～二〇〇三年）が製作した最初の映画版が、同年中に夭折《ようせつ》しながらもいまなお絶大な人気を誇り、新たな伝記が刊行され続けているクールな青春スター、ジェームズ・ディーン（一九三一年～五五年）のデビュー作にして初主演作であったから、その変わらぬ人気も一因だろうか。

そう、『エデンの東』というタイトルを聞くやいなや、そうした物語よりも何よりも、ディーン演ずる美形ながらもちょっぴり猫背で切れやすい暴走少年の肖像とともに、いまやモダン・クラシックとも呼ぶべきレナード・ローゼンマンの壮大にして優美なる音楽が浮かんでくる向きも、決して少なくないだろう。もちろん、周知のように、カザン監督が映画化した部分は、長篇小説全体の分量にして三分の一、主として後半の第四部にすぎない。だが、それほどに不可分なかたちにまでひとつの文学作品と映画作品、そして映画俳優とが溶け合い、歴史に名を残した背景には、ひとりの作家、ひとりの監督、ひとりのスターそれぞれの人生が、二〇世紀の転換点ともいえるひとつの時代において、驚くべき核融合を遂げたいきさつがある。スタインベック自身が初期の傑作『怒りの葡萄』（一九三九年）に優る自己の最高傑作と任じ、ほかの作品ではみられないほど自伝的要素を盛り込んだ『エデンの東』が、けっきょくは作家個人を超えて広く読まれ愛されたことは、作品の魅力の秘密として、じっくり検討するに価するだろう。

アメリカ文学の古典のうちには、徹底して個人的で微小なモチーフから始まりながら、最終的にはアメリカ史全体をまるごとおさめてしまうほど普遍的で巨大なひろがりを帯びる奇跡的な傑作が時折発表されるが、本作品はまぎれもなくその好例なのだ。ナサニエル・ホーソーンの『緋文字』（一八五〇年）やハーマン・メルヴィルの『白鯨』（一八五一年）、スコット・フィッツジェラルドの『グレート・ギャッツビー』（一九二五年）やウィリアム・フォークナーの『響きと怒り』（一九二九年）の系統に連なるアメリカ文学の神髄がここにあることは、疑いを容れない。

これから四巻にわたって展開する解説では、以上の視点より、『エデンの東』がどのように作られ、どのように読まれてきたか、二一世紀の今日においてはどのような可能性を秘めているかを綴っていきたいと思う。その手順としては、まず本書における解説第一部において作家スタインベックの伝記的背景を確認し、つづく第二部ではそのユダヤ＝キリスト教的思想を、第三部では『エデンの東』の人物造型と物語学を、そして第四部では舞台化・映像化を含め今日まで連綿と受け継がれるスタインベック文学の伝統と今後の可能性を、それぞれ詳述していく（参考文献表は、最終巻にあたる第四巻末尾にまとめて掲げる）。

2　スタインベックと三つの時代

作家がどんな人生を送ったかということは、作品を読むにさいして、必ずしも有益ではない。とくに存命中の作家の場合、彼あるいは彼女の読者を煙に巻くような発言が読書の邪魔になることすらある。したがって、ひとたび世の中に送り出されたら、作品はあくまで読者のものであり、その読者のうちには作家本人も含まれる、という現代的見解に、わたしは賛意を表するだろう。にもかかわらずスタインベックの場合、十六冊の長篇小説と六冊のノンフィクション、そのほか数冊の短篇集を残し、その作品群だけでも自律性をもつと信じられていながら、その伝記的背景ほど、作品理解の助けになるものはない。

じつは生前のスタインベック自身、正面切って自伝を書いたことはなく、誰かが彼の伝記を書くことにも否定的であった。げんに、スタインベック伝は決して多くない。理由はさまざまに考えられるが、少なくとも右に示したような現代批評的意識に即したものではなく、もっと世俗的な水準に拠る。彼は、仮に自らの生涯が公になれば、せっかく築き上げた作家的名声にヒビが入るのではないか、ひいてはせっかく定期的に入るようになった自作の印税収入に影響して家族が路頭に迷うのではないか、と気を揉んでいたのである。なるほど、三回の結婚歴だけを取り上げても、それがきわめて痛烈な打撃をもたらし、思い出したくもないほどのトラウマ（精神的外傷）を伴っていたであろうことは、容易に推察される。にもかかわらず、『エデンの東』で焦点を当てられるトラスク家と親しいハミルトン家のモデルが作家の母方の家族であり、作品には幼少時の作家本人も実名で登場することを考え合わせるならば、まずは同作品に関わる限りにおいて、スタインベックの来歴をふりかえってみるのが得策だろう。なにしろ、一九〇二年二月二十七日、カリフォルニア州サリーナスに生を受け、一九一九年に西部の名門スタンフォード大学で英語英文学を学びつつ最初の作品群を校内誌に発表するも中退、一九二九年にデビュー長篇となる『黄金の杯』を刊行して同年のうちに最初の妻キャロル・ヘニングと婚約、翌年に結婚……というごくごく簡単な初期プロフィールからでも、読者はたちまち、本書『エデンの東』におけるのとまったく同じ主要舞台サリーナスを、そしてアダム・トラスクの最愛の息子アロンが通ったスタンフォード大学を、連想せざるをえないからである。

それでは、アメリカ西海岸と東海岸をせわしなく往来することで織り紡がれた、複雑きわまる六十六年の生涯をそっくり捉えるには、いったいどのような方策がふさわしいか。ここで従来、ジョン・スタインベックの生涯を語るにあたっては、大恐慌とニューディール時代のアメリカを活写して広く代表的傑作と認められる『怒りの葡萄』（一九三九年）を中央にはさむ第二次世界大戦以前（一九〇二年〜三九年）とそれ以後（一九四〇年〜六八年）という、時代的に二分割する習慣があったことに、思いを馳せたい。そして昨今では、国際的スタインベック学者・中山喜代市関西大学名誉教授が提案するように、むしろ作家の執筆環境を重視して、前半を初期「カリフォルニア時代」と呼び、後半についてはさらに細分化して、西部とも東部とも居場所の定まらない中期「ポスト・カリフォルニア時代」（一九四〇年〜四九年）、ついに西部と決別するもノーベル賞受賞に輝く後期「ニューヨーク時代」（一九五〇年〜六八年）のふたつに分け、初期・中期・後期の合計三つの時代に分類する傾向が強まっていることも、忘れることはできない。

なるほど、大方のアメリカ文学史が常識とするように、スタインベックは往々にして一九三〇年代文学の代表格として捉えられがちであった。不況下における移動労働者にふりかかる悲劇を描き上演されることの多い中篇小説『ハツカネズミと人間』（一九三七年）や、旱魃《かんばつ》被害のはなはだしいオクラホマから新天地カリフォルニアをめざすという二〇世紀の出エジプト記『怒りの葡萄』といった傑作群をつぎつぎとものし、暗い時代を生き抜く力を描き、後者では全米図書賞やピュリッツァー賞を得て名声を博したのだから、当然の評価とも言えよう。同じ三〇年代には、たとえばパール・バックの『大地』（一九三一年）やマーガレット・ミッチェルの『風と共に去りぬ』（一九三六年）も、類似の視点から、南北戦争からの再建を模範に大恐慌時代を克服せんとする大歴史絵巻を織り紡ぎ、ベストセラーになっている。フィッツジェラルドが二〇年代ジャズ・エイジの寵児であったとすれば、スタインベックをまぎれもなく三〇年代ニューディールの寵児と見るのは、誤りではないだろう。

にもかかわらず、彼の作家生命はそこで尽きたわけではない。右に分類したごとく、一九三〇年代は、伝記研究上では初期「カリフォルニア時代」にすぎないのだ。一九四〇年代の中期「ポスト・カリフォルニア時代」には、『赤い小馬』（全四篇、一九四五年）の映画化に尽力しているうえに、『月は沈みぬ』（一九四二年）や『キャナリー・ロウ』（一九四五年）、『気まぐれバス』（一九四七年）で驚くべき売れ行きを示している。続く「ニューヨーク時代」には、作家自身が自己ベストに選ぶこの『エデンの東』自体が一九五二年に発表されたうえに、一九六〇年、一匹のプードルとともにクルマで北米大陸を踏破した旅行記『チャーリーとの旅』（一九六一年）やその別ヴァージョンともいえるアメリカ論『アメリカとアメリカ人』（一九六六年）も刊行され、かてて加えて、何よりもスウェーデン・アカデミーが高く評価した長篇小説『われらが不満の冬』（一九六一年）こそは、翌六二年、スタインベックにノーベル文学賞をもたらすのだから。

このような作家生涯の三分割が有益なのは、スタインベックの執筆環境のみならず、結婚相手においても、初期「カリフォルニア時代」が最初の妻キャロル・ヘニングと暮らした時代、中期「ポスト・カリフォルニア時代」が第二の妻グウィンドリン・コンガーと、後期「ニューヨーク時代」が第三の妻イレイン・スコットと生活した時代というように、きれいに対応するからである。作家の結婚生活にまつわる予備知識など不要と思う読者もいるかもしれないが、『エデンの東』に関する限り、表の主役たるアダムやその息子キャルが活躍するいっぽう、裏の主役というべきアダムの妻にして世紀の毒婦キャシー・トラスク（ケイト）があまりにも生き生きと描かれているわけで、作家の創作ノートその他から推し量るに、結婚生活は決して無縁どころではなく、むしろ小説理解の大いなる助けになるといってよい。とくに中期「ポスト・カリフォルニア時代」をともにした第二の妻グウィンドリンから、一九四八年に三行半《みくだりはん》を突きつけられたことが、さまざまなかたちでキャシー造型に流れ込んでいることについては、作家本人を含む多くの証言が明かすところだ。

3　父と子と聖霊と

ここでいったん視点を切り替えよう。作家の伝記を起こすには、ひとまずスタインベック家の先祖が、アメリカ文学史的に決定的ともいえる「出会い」を経験していることを、確認しておかなくてはならない。

一九世紀のアメリカでは、一八四八年以後の西海岸黄金郷発見に伴うゴールドラッシュや、捕鯨のため黄金の国・日本を求める鯨油ゴールドラッシュが存在したが、まったく同時に、パレスチナ聖地巡礼の一大観光ブーム、いわゆる聖地ゴールドラッシュも湧き起こっていた。したがって、アメリカ・ロマンティシズム時代を代表する『白鯨』の文豪ハーマン・メルヴィルが一八五七年に、リアリズム時代を代表する

『ハックルベリー・フィンの冒険』の文豪マーク・トウェインが一八六七年に、それぞれ聖地巡礼へ旅立っているのは、まったくの偶然でもなければ気まぐれでもない。当時の聖地はオスマン・トルコの支配下にあったため、エルサレムはすでに異文化混《こん》淆《こう》都市と化していたものの、アメリカ人観光客にとっては、そんな現状よりも旧約の歴史そのものが肝心だった。トマス・コールやフレデリック・チャーチら当時の風景画家たちが聖地周辺を好んで描いたゆえんもここにある。さまざまな巡礼の旅、放浪の旅、流浪の旅を中心とするロード・ノヴェルは、ビート作家ジャック・ケルアックが一九五七年に『路上』(*On the Road*)を発表して以来膨大に書かれており、ハリウッド映画においては、ずばり『怒りの葡萄』(一九四〇年)から『パリ、テキサス』(一九八四年)にまで伸びていくロード・ムーヴィーの系譜をも実感させるが、そうした物語の伝統はすべてアメリカ文学史を貫く「ロード・ナラティヴ」の系譜を再確認させるだろう。

さて、そうした文脈のさなかより、いまひとつの興味深い史実が浮上する。一八五七年一月二十三日のこと、ほかならぬジョン・スタインベック父方の曾祖父にあたるウォルター・ディクソンとその妻セアラ・エルドレッジ・ディクソンとが、このころマサチューセッツの〈セヴンスデーバプテスト〉派の教会員として中東に滞在しており、そこを訪れた作家ハーマン・メルヴィルをもてなしていることである。メルヴィルはこのときの会見をもとに、ディクソン氏が「ピューリタン的な活力に充ちあふれ、自らのドン・キホーテ的な夢想をさいごまで貫こうと決意している」(『日誌』[1856-57] 九三〜九四頁)と形容した。ほんの偶然にすぎない出会いかもしれないが、これを根拠に学者批評家ロバート・ディモットは、一九九六年に出版した『スタインベックのタイプライター』の中で、メルヴィルの『白鯨』とスタインベックの『エデンの東』とを克明に比較分析しているほどだ。

スタインベック自身がそうした家族史に気づいたのは、自身が聖地巡礼を行った一九六六年になってからとされているが、右のエピソードには、一九世紀に世界を捕鯨船で航海して廻ったロード・ナラティヴ作家メルヴィルと、二〇世紀にアメリカ大陸全土を車で走破したロード・ナラティヴ作家スタインベックとのあいだの、浅からぬ因縁がひそむ。というのも、一八五七年、メルヴィルがスタインベックの曾祖父ディクソンの人柄の中に「ドン・キホーテ的な夢想」を喝破してからちょうど百年あまりを経た一九六〇年、スタインベック自身が放浪の旅に出てロード・ナラティヴを紡ぐときのキャンピングカーを、ほかならぬドン・キホーテの愛馬にならい「ロシナンテ」と名付けているからだ。そこにはたんに、ドン・キホーテ自身がロード・ナラティヴの主人公だったという以上に、彼をもその一例とする中世騎士道精神がさまざまなアーサー王ロマンスを経てアメリカ式西部劇にも、そしてスタインベック個人にも流れ込んでいる系譜が見える。「アメリカの西部劇は決して独立して発生したものではなく、アーサー王伝説の属性をそっくりそのまま受け継いだ直系の子孫なのである」（書簡集五七九頁）それこそは、スタインベックが幼少期にサー・トマス・マロリーの『アーサー王の死』を読んで以来、騎士道ロマンスに夢中になって自作にも盛り込むようになり、ひいては自らの閣僚を「キャメロット」と呼んだケネディ大統領にも深い共感をおぼえていったゆえんであろう。